KB108511

절망과 포기를 넘어

절망과 포기를 넘어

발행일 2021년 6월 7일

지은이 오초심
펴낸이 손형국
펴낸곳 (주)북랩
편집인 선일영   편집 정두철, 윤성아, 배진용, 김현아, 박준
디자인 이현수, 한수희, 김윤주, 허지혜   제작 박기성, 황동현, 구성우, 권태련
마케팅 김회란, 박진관
출판등록 2004. 12. 1(제2012-000051호)
주소 서울특별시 금천구 가산디지털 1로 168, 우림라이온스밸리 B동 B113~114호, C동 B101호
홈페이지 www.book.co.kr
전화번호 (02)2026-5777   팩스 (02)2026-5747

ISBN 979-11-6539-779-1 03810 (종이책)

(주)북랩 성공출판의 파트너
북랩 홈페이지와 패밀리 사이트에서 다양한 출판 솔루션을 만나 보세요!
홈페이지 book.co.kr • **블로그** blog.naver.com/essaybook • **출판문의** book@book.co.kr

작가 연락처 문의 ▶ ask.book.co.kr
작가 연락처는 개인정보이므로 북랩에서 알려드릴 수 없습니다.

잃어버린 20년 세월을
딛고 다시 일어선
한 50대 남자의 인생 이야기

절망과 포기를 넘어

오초심 에세이

북랩 book Lab

서문

누구나 즐겁고 행복한 인생을 꿈꾼다. 인생사 길흉화복(吉凶禍福)이 돌고 돈다지만, 가급적 흉(凶)과 화(禍)는 남의 일이었으면 좋겠고 나와 내 가족에게는 길(吉)과 복(福)만 있었으면 좋겠다고 말한다. 그러나 불행은 갑자기 찾아왔고 그로 인하여 나는 지난 17년간 '죽음의 세월'을 견디며 살아왔다.

죽음의 세월이 나에게 작별을 고한 것은 2018년 11월이었다. 이때부터 나는 집에서 도보로 약 10분 정도 거리인 아파트에서 경비원으로 일하게 되었다. 이곳으로 오기 전 이미 다른 아파트에서 약 1년 9개월간 경비원으로 일한 경력이 있었지만, 그곳과 이곳의 사정은 많이 달랐다. 예전에 근무했던 곳은 경비원 수만 60명이 넘는 대단지였고 각 동마다 경비원이 있었다.

그러나 이곳은 아파트 5개 동에 정·후문을 포함에 초소가 4개밖에 안 되는 작은 규모였다. 단지의 규모와 근무 형태는 달라도 1년 9개월의 경비원 근무 경력이 있던 터라 근무에 큰 어려움은 없었다. 정작 문제는 '내 인생의 미래'였다.

수습 기간 3개월을 포함해 9개월 정도가 지나자 '과연 내 꿈은 무엇인가?'에 대해 심각하게 고민하게 되었고, 이어서 회의감이 밀려왔다. '남들처럼 경비원으로 근무하면 이 일을 70세까지할 수 있을지 모른다. 아니 앞으로 10년이 지나면 75세까지도할 수 있을지 모른다. 그러면 그 이후는?' 생각이 이에 미치자 마치 망치로 머리를 한 대 맞은 듯이 적지 않은 충격이 전해져왔다. 이렇게 살 수는 없다고 생각했다. 꿈이 없는 인생은 죽은 인생이기 때문이다.

나는 잊고 지냈던 나의 꿈을 소환했고 교직을 그만둔 후 겪었던 '죽음의 세월 17년'을 정리하여 책으로 내야겠다는 데 생각이미치게 되었다. '비록 나는 괴롭고 힘든 17년의 세월을 겪었지만그 세월을 견디고 얻은 깨달음이 다른 분들의 인생에 도움이 되지 않을까?' 하는 것이 집필 취지였다.

결심을 하고 2019년 9월부터 집필에 들어갔으나 상황은 녹록지 않았다. 아무래도 글쓰기는 밤에 하는 것이 좋은데 비번일에는 다음 날 근무를 위하여 일찍 잠자리에 들어야 하니, 근무일밤 시간을 활용할 수밖에 없었다. 다행히 나의 야간 근무는 밤10~12시까지는 초소 근무라 그중의 한 시간을 이용하기로 하였다. 그러나 그마저도 결코 쉬운 일은 아니었다.

애초에 글쓰기 계획은 일주일에 이틀, 한 달에 8편을 써서 8개월에 60편을 완성하는 것이었다. 그러나 이상과 현실은 많이 달랐다. 10시 반부터 11시 반까지 집중해서 써야 겨우 원고지 10매를 쓰는데 초소에 있다 보니 이것이 결코 만만한 일이 아니었다.

글 쓰는 도중에 정문에서 인터폰이 오거나 입주민이나 방문객이 초소를 방문하면 그날 글쓰기 작업은 휴지가 되어 휴지통으로 향했다. 글을 쓰는 날보다 글을 쓰지 못하는 날들이 늘어갔고, 희망은 서서히 실망과 좌절로 변색되어 갔다. 예정보다 두 배의 시간이 걸려 약 30편의 집필을 끝낸 2020년 4월말, 다시 중대한 결심을 할 수밖에 없었다.

나머지 30편은 비번일 오전에 집필하기로 계획을 바꾸고 6월부터 안방에 홈오피스를 꾸리고 오전 9시부터 10시까지 집필을 시작했다. 그러나 이 또한 만만한 일이 아니었다. 우선 아침에 글을 쓴다는 것이 어려운 일이었다. 그리고 퇴근하여 아침 식사를 한 이후라 수면 부족과 식곤증으로 졸음이 밀려왔다. 그러나 찬 밥, 더운 밥, 진자리, 마른자리를 가릴 상황이 아니었다. 나는 찬물로 세수를 하고 눈에 핏대를 세우고 이를 악물고 원고지에 활자를 채워갔다. 이렇게 30편을 쓰는 데 무려 10개월이 걸렸다.

작년 2월경부터 코로나 19라는 전대미문의 전염병이 창궐하여 온국민의 삶을 고통 속에 몰아넣고 있다. 내가 겪은 죽음의 세월 17년을 견디고 얻은 깨달음이 아직도 괴롭고 힘든 삶을 이어가고 있는 많은 분들에게 희망과 용기를 주었으면 하는 마음 간절하다.

지난 19년간 친구들이 모두 떠나간 자리에 유일하게 친구가 되어준 나의 아내, 온갖 어려움 속에서도 끝까지 아빠를 믿고 따라준 아이들, 못난 아들을 항상 믿고 응원해주신 부모님, 힘들 때 따뜻한 형제애를 보여준 남동생·여동생에게 진심으로 감사의 말씀을 전한다.

2021년 6월

오초심

목차

제1부

01

가장 힘든 순간은 홀로 이겨내야 한다

인생을 살다 보면 힘든 고비는 반드시 찾아온다. 누구나 기쁘고 좋은 날을 원하고 괴롭고 힘든 날을 피하고 싶어 하지만, 야속하게도 인생에는 후자에 속하는 날이 훨씬 더 많다. 또한 기쁘고 좋은 날에는 주변에 사람들이 많다. 그리고 그 사람들이 괴롭고 힘든 날에도 곁에 있어 주리라 생각한다. 그러나 그런 기대와는 달리 막상 괴롭고 힘든 날이 오면 그 시절을 함께할 사람들은 극소수라는 것을 비로소 알게 된다.

2010년 3월, 나는 일 년간의 실직 기간을 끝내고 'J교육'이라는 학습지 회사에 학습지 교사로 취업을 하게 되었다. 학습지 교사로 취업하기 전 나는 인터넷 검색을 통하여 그 직업이 '교육계의 3D 업종'이라고 할 정도로 힘든 직업이라는 것만 알고 있었을 뿐, 자세한 내막은 모르는 상태였다.

본사 교육장에서 신입교사 교육을 받고 지소로 발령받아 학습지 교사 일을 시작하면서 비로소 이 직업의 속성을 알 수 있게 되었다. 학습지 교사는 직업명과는 달리 신분이 '개인 사업자'였다. 쉽게 말해 '교실'이라고 불리는 지역을 할당받아 위탁 관리를 하고 회원 수에 따라 수수료를 받는 구조였던 것이다. 한 가정을 이끌어야 하는 가장으로서 100~150만 원 정도 되는 수입으로는 가족의 생계를 유지한다는 것은 거의 불가능에 가까운 일이었다. 다행히 학습지 교사는 주 3일 이상만 근무하면 되었으므로 월·수·금요일 3일만 교실 관리를 하고 투잡을 뛰어 부족한 수입을 보충하는 수밖에 없었다.

　전직 교사로서 학습지 교사를 하며 할 수 있는 일이라곤 '과외'가 유일한 선택이었다. 다행히 부모님이 거주하시는 아파트단지의 전직 부녀회장 딸을 소개받아 공백 없이 바로 과외를 시작할 수 있었다. 그러나 투잡을 뛴다는 것이 생각만큼 쉬운 일은 아니었다. 과외 1건에 주 2회 2시간씩 수업을 해야 하는데 과외 2건을 맡아 주중 쉬는 요일과 주말을 이용해 수업을 할 수밖에 없었다. 과외 수업이 있는 날에는 오전에 교재 준비와 교재 연구를 하고 밤 8, 9시까지 수업을 해야 했다. 일주일에 하루도 쉬는 날이 없이 오로지 돈을 벌기 위하여 몸에 무리가 오는 지도 모르고 강행군을 하고 있었다.

　바둑 두는 사람은 보지 못하는 수를 옆에서 훈수하는 사람은 볼 수 있다고 했던가! 학습지 관리를 하던 어느 날 오전, 지소장이 잠깐 대화를 하자며 나를 불렀다. 소장은 나에게 "요즘 다른 일을 하시느냐?"라고 물었고 나는 거짓말을 할 수 없어 "그렇다"라고 대답했다. 지소장은 자기가 보기에 "현재 선생님의 몸 상태가 안 좋아 보인다"라고 충고하며 건강을 챙겨가며 일을 하는 것이 좋겠다고 조언해 주었다.

나는 당시 지소장 말을 듣고 마치 무언가로 뒤통수를 한 대 맞은 듯이 깨달은 바가 있었다. 지소장 말대로 나는 오직 돈을 벌기 위하여 몸도 돌보지 않고 휴일도 없이 강행군을 하고 있었던 것이었다. 만약 당시 지소장의 조언이 없었다면 나는 몇 달을 버티지 못하고 쓰러졌을 것이다. 지금도 그 생각을 하면 당시 나에게 조언을 해주었던 지소장의 배려가 고맙게 느껴진다. 그 이후 나는 최소한의 건강을 보살피며 투잡을 뛰었고 학습지 교사 일을 5년 7개월간 지속할 수 있었다.

누구나 편하고 안정된 길을 가고 싶어 한다. 그러나 한 가정의 생계를 짊어진 가장으로서 그것은 사치일 수 있다. 힘들고 고통스러워도 그 길을 갈 수밖에 없는 것이 가장의 숙명이기도 하다. 그리고 그 외로운 길은 스스로 걸어가야 한다.

한두 번 아내에게 하소연할 수는 있지만 그 이상이 되면 그것은 남자로서 궁상맞은 일이다. 비록 가장 힘들 때는 쓴 소주가 유일한 벗일지라도 그것을 위안 삼으며 스스로 이겨내야 한다. '가장 힘든 순간은 홀로 이겨내야 하는 것' 그것이 바로 인생이기 때문이다.

02

먼저 베풀어라

우리 속담에 '가는 말이 고와야 오는 말이 곱다'라는 말이 있다. 또 '주는 데 싫다는 사람 없다'라는 말도 있다. 대체로 사람들은 주는 것보다는 받는 것을 좋아한다. 그런데 '받았다'라는 말은 누군가 '주었다'라는 것을 전제하는 것이므로 '주다'와 '받다'는 서로 뗄 수 없는 동전의 양면과도 같다고 할 수 있을 것이다.

'공짜라면 양잿물도 마신다'라는 말이 있다. 아무리 공짜라도 양잿물을 마시면 생명이 위태로우므로 이런 행위를 해선 안 되지만, 이런 속담이 생긴 것을 보면 대체로 인간들은 무언가 누군가로부터 받기를 좋아하는 근본 속성이 있는가 보다. 거리를 나가 보면 '사은품 증정'이라든지 무언가를 준다고 하면 그 앞에 길게 줄을 서거나 손님들로 북적이는 상점들을 볼 수 있다. 그곳을 찾는 손님들은 '공짜'로 준다니까 순수한 마음으로 가게를 찾지만, 그 상점 주인이 자선 사업 하는 사람이 아닌 바에야 세상에 월세 내면서 손님들에게 아무 대가 없이 물품을 제공하는 사장이 어디 있으랴! 그것이 다 상술인 것이다.

우리는 흔히 '주고받는 것'이라 하면 유형(有形)의 물건만을 생각하지만 인간관계에서 주고받는 것이 물건만은 아니다. 우리가 주고받는 말은 유형의 물체는 아니지만 타인과의 관계에서 분명히 주고받는 것임에 틀림없다. 그런데 사람들은 돈 안 드는 칭찬마저도 받기를 좋아하고 베푸는 데는 인색하다. 누군가에게 칭찬을 받고 기분 나쁜 사람은 없다. 비록 그것이 빈말일지라도 누군가로부터 칭찬을 받으면 기분이 좋아지는 것이 인지상정이다. 그러나 대다수의 사람들은 남을 욕하거나 비난하는 데는 익숙하지만 누군가를 칭찬하는 데는 대체로 인색하다. 평소에 칭찬하는 데는 인색하면서 누군가로부터 칭찬받기를 원하는 사람은 '우물에서 숭늉 찾는 격'으로 원하는 것을 얻지 못하는 어리석은 사람이라 볼 수밖에 없다.

인사도 마찬가지다. 대부분의 사람들은 인사를 건네기보다 받기를 좋아한다. 상대방에게 인사를 받고 기분 나쁜 사람은 없다. 나는 인사만 잘해도 그 사람 인간관계의 절반은 성공한 것이라 생각한다. 혹시 주변 사람들과의 인간관계가 좋지 않다면 오늘부터 상대방에게 먼저 인사부터 해보라. 시간이 지나면 예전보다 인간관계가 좋아진 것을 실감하게 될 것이다.

누군가에게 무엇인가를 베풀 때는 대가를 바라지 않는 것이 좋다. 상대방에게 무언가를 바라고 베풀었다면 그것은 진정한 의미의 '베풂'이라고 보기 어렵다. 우리 인간사의 많은 갈등이 '주고받는 것'에서 비롯되는 것들이 많다. 상대방에게 무언가를 바라고 주는 사람은 상대로부터 원하는 것이 돌아오지 않았을 때, "가는 것이 있으면 오는 것이 있어야지." 하며 짜증을 내거나 화를 내게 된다. 상대방이 원하지도 않았는데 일방적으로 줘놓고 바라는 답례가 오지 않자 섭섭함과 불쾌함을 토로하는 것이다. 당연히 인간관계가 좋아질 리 없다.

상대방에게 무언가를 바라지 않고 베푸는 것은 여러 가지 면에서 좋다. 우선 '주는 기쁨'이 있다. 많은 사람들이 '받는 기쁨'만을 생각하지만 '주는 기쁨' 또한 그에 못지않게 큰 것이다. 상대방이 웃으면 그 자체로 기쁜 것이고, '고맙다'라는 말을 들으면 그 또한 행복한 일인 것이다. 또한 애초에 대가를 바라지 않고 베풀었기에 상대방으로부터 돌아오는 것이 없어도 섭섭하거나 화날 일이 없는 것이다.

재물이 넉넉하다면 그 재물이 없어서 힘들고 고달픈 사람들에게 대가를 바라지 말고 베풀어보자. 아마 그 재물을 받는 사람은 목 마른 사람이 한 바가지 냉수에 갈증을 잊듯이 두고두고 베푼 사람에게 감사한 마음을 잊지 않을 것이다. 만약 재물이 없다면 상대방에게 좋은 말로 베풀어 보자. 그것이 칭찬이라도 좋고 위로나 덕담이라도 좋다. 상대방이 고마움과 행복감을 느낄 수 있다면 그것이 재물이든 오가는 말이든 그것은 별다른 문제가 되지 않는다.

　세상의 모든 만물은 음양의 이치로 살아간다. '주는 것과 받는 것' 또한 마찬가지다. 받는 것보다는 주는 것을 즐기는 사람들이 많아질 때 이 사회는 행복하고 기쁨이 넘치는 세상으로 거듭날 것이다.

03

너무 많이 가지려고 하지 마라

예전에 가족들과 함께 동묘 앞 풍물시장을 방문한 적이 있다. 그곳에는 갖가지 중고 물품들이 수북이 쌓여 새로운 주인을 기다리고 있었는데 말 그대로 '풍물시장'이었다. 나는 그곳에 나온 물품들은 현재 생존해 있는 사람들의 소유물이 대다수겠으나, 그중에는 망자(亡者)의 것도 일부 있으리라 생각해 보았다. 견물생심(見物生心)이라, 물건을 보면 갖고 싶은 것이 보통 사람들의 심리지만 그렇게 사서 모은 물품들이 주인이 세상을 떠나고 나면 저렇듯 떨이 물건으로 좌판에 깔려 헐값에 거래되고 있는 것을 보면 새삼 인간사의 씁쓸한 단면을 보게 되는 것 같다.

인간은 세상에 태어나 살면서 임종을 맞이할 때까지 각종 물품을 구입하여 소유하게 된다. 그중에는 기존에 가지고 있던 물건의 수명이 다해 더 이상 사용할 수 없어서 새로 구입하는 경우도 있지만, 실상은 갖고 있는 물건이 멀쩡한 데도 유행이 지났거나 심지어는 충동구매로 구입하는 물건이 훨씬 더 많다. 수명이 다해 새로 구입하는 것이야 지극히 옳고 당연한 것이지만, 후자의 경우로 물품을 구입하는 경우에는 구입 전에 구매 여부를 다시 한번 생각해 보아야 한다.

　무릇 상품이란 구입하여 단 하루만 사용해도 해당 제품은 '중고품'이 된다. 경제가 어려워지면 발품을 팔아 중고품 시장을 기웃거리는 사람들도 있으나, 구매자 열 명 중 아홉은 새 제품을 사길 원한다. 만약 중고품 시장이 완벽하게 작동하여 중고품의 90% 이상이 새 주인을 찾아간다면 문제는 없겠으나, 아무리 후하게 점수를 준다 하여도 중고품이 새 주인을 찾아가는 비율은 30%를 넘지 않을 것이다. 결국 중고품의 70% 정도는 쓰레기로 처리될 가능성이 높다. 사정이 이와 같은데도 지구 환경은 생각하지 않은 채, "백 년도 못 사는 인생인데 원하는 대로 쓰고 살아야지." 하며 무분별하게 물품을 구입하여 싫증 나면 버리는 사람들은 자신의 소비 행태를 재고해 볼 필요가 있다.

　언젠가부터 지구촌에는 온난화로 인한 기후 변화로 빙산이 녹고 기상 이변이 일어나 자연재해가 속출하고 있다. 플라스틱 쓰레기가 바다를 뒤덮고, 미세 플라스틱을 먹은 바다 생물이 죽어가고 있다. 그런 뉴스를 접하는 인간들은 현실을 개탄하지만 그의 한 손에는 일회용 플라스틱 커피 용기가 들려져 있다. 아이러니도 이런 아이러니가 없는 것이다. 우리가 하루에 불필요한 소비를 한 가지만 줄이더라도 그것을 지구 전체로 따져 보면 그것은 어마어마한 것이다. 반면에 "나 하나쯤이야." 하는 생각을 70억 명 인류가 하고 있다면 그로 인해 발생할 수 있는 재앙은 불을 보듯 뻔한 것이다.

인간은 살아 있는 동안 스스로 '백 년도 못 사는 인생'이라는 것을 때때로 잊고 산다. 그래서 마치 몇백 년을 살 것처럼 물건을 사고 재물을 모은다. 그러나 임종이 다가오면 그것이 얼마나 부질없는 짓이었던가를 스스로 깨닫게 된다. 부와 명예는 죽고 나면 망자와 더불어 사라지는 허망한 것이다. 우리 모두는 지구라는 집에 함께 살아가는 공동체임을 잊지 말고 후손들의 미래를 생각하는 마음가짐을 항상 잊지 말아야 할 것이다.

04

잘나갈 때는 모른다, 세상이 얼마나 무서운지

인생의 길흉화복(吉凶禍福)은 돌고 돈다. 인생사에 길(吉)하고 복(福)된 일만 있으면 오죽 좋으련만 야박하게도 길하고 복된 일보다 흉과 화가 훨씬 더 많은 것이 인생이다. 그러나 사람들은 길하고 복된 일이 이어질 때는 흉과 화를 생각하지 않는다. 얼굴에서 웃음이 떠나지 않으며 영원히 행복한 날들만 이어질 것 같은 착각에 빠진다.

내가 교직에 있을 때도 그랬다. 부끄러운 얘기지만 교사로 근무했을 때 나는 아래를 내려다보지 않았다. 아니 옆도 돌아보지 않고 오로지 위만 보고 살았다. 나보다 더 많은 부와 명예를 보유한 사람만이 부러움의 대상이었다.

그러다 어느 한순간, 1층에서 지하 5층으로 굴러떨어졌다. 1층에 있을 때는 5층 이상만 보고 살았었는데 1층 밑에 지하층이 있다는 사실은 까맣게 잊고 살았었다. 지하 5층에서 쳐다보니 1층은 까마득히 높은 곳에 있었다.

교직에 있을 때는 넉넉하지는 않았지만 안정된 월급이 있었다. 그러나 자영업을 시작하고 보니 안정적인 수입은 꿈과 같은 것이었다. 아침 7시부터 밤 9시까지 일해도 순수익은 100~150만 원 남짓이었다. 교직을 그만둘 무렵 내 월급이 250만 원쯤 되었었는데 말이다.

빚도 눈덩이처럼 불어갔다. 교직에 근무했을 때는 13년간 빚이라고는 카드 현금서비스 200만 원이 전부였는데 퇴직 후 10년이 지나자 빚은 이미 4천만 원이 넘었다. 그것도 상당 부분이 연이율 20%가 넘는 고금리의 카드론 대출이었다.

교직에 있을 때는 육체적으로 힘든 일은 해본 적이 없었다. 그러나 D전기라는 중소기업에 다닐 때 나는 오전에 5kg짜리 박스를 천 개나 나르고 오후에는 5시간 동안 10분 쉬고 일했다. 영화 〈실미도〉를 연상케 하는 무지막지한 곳이었다. 야근할 때는 너무 배가 고파 생라면을 씹어 먹었다.

학습지 교사 일을 하던 때는 얼음 밥도 먹어보았다. 바깥 기온이 영하 10도를 오르내리던 한겨울, 차 안에서 도시락 뚜껑을 여니 밥이 온통 얼어있었다. 얼음처럼 언 밥에 젓가락을 찔러 넣었으나 젓가락이 들어가지 않았다. 보온 물병에 있는 미지근한 물을 밥 위에 조금 붓자 간신히 밥 덩이가 분리되었다. 밥 한 덩이를 입안에 넣고 씹는데 얼음덩이처럼 '우두둑' 소리가 났다. 눈물 몇 방울이 차가운 밥 덩이 위로 떨어졌다.

강동구 둔촌동에서 아파트 경비원 일을 하던 때였다. 처음 한 달 동안 나는 가급적 바닥을 보고 다녔다. 오고 가는 길에 아는 사람이나 옛 친구를 만날 수도 있기 때문이었다. 음식물 쓰레기통을 청소하고 플라스틱·깡통·비닐 등을 분리수거했다. 중간중간 빗자루를 들고 청소를 해야 했으며 틈틈이 노역에도 동원되었다. 식사는 지하실에서 해야 했다. 재활용 분리수거 때 나온 폐품을 주워 식탁 삼아 밥을 먹었다. 환기가 제대로 되지 않는 컴컴한 공간에서 식후 휴식을 취했다.

밤에 잠자리가 가장 고역이었다. 경비실 옆에 한 사람이 간신히 잠을 잘 수 있는 내실(內室)이 있었는데 키가 1m 70㎝ 정도 되는 내가 누우면 머리와 발이 벽에 닿을 정도였다. 영락없는 관(棺) 넓이와 길이였다. 내가 경비원 근무를 했던 2016년 여름은 유난히도 더웠다. 지하실에 샤워 시설도 없었던 터라 간신히 세면만 하고 좁은 내실에서 잠을 청했다. 바람 한 점 들어오지 않는 관 넓이의 비좁은 공간에 회전도 되지 않는 선풍기를 머리맡에 두고 잠을 청하려니 사람이 미칠 것 같았다. 그렇게 여름 3개월을 이를 악물고 버텼다.

내가 죽음의 세월 17년을 버티며 겪었던 위에 적은 일들은 교사로 재직할 시절엔 상상조차 할 수 없었던 것들이었다. 육체적 고통도 견디기 힘든 것이었으나 정신적 고통은 더 견디기 힘들었다. 정신적으로 너무 힘든 때는 '왜 사람이 미쳐서 정신병자가 되는지' 이해할 수 있을 정도였다.

인생에 길하고 복된 일이 이어질 때는 반드시 나중에 올 흉과
화를 생각해야 한다. 잘나갈 때는 모른다. 세상이 얼마나 무서
운지.

05

삶은 그렇게 쉽게 무너지지 않는다

인생을 살다 보면 삶의 위기가 반드시 찾아온다. 아직 인생 이력이 짧아 삶의 위기를 맛본 적이 없는 젊은이나, 잘 나가는 시간이 비교적 오래 지속된 사람에게는 실감이 안 되는 말일 수 있겠으나 어떠한 형태로든 삶의 위기는 반드시 온다. 나도 그랬다.

10년이 넘는 세월을 교사라는 안정된 직장에 근무하면서, 언젠가부터 나는 타성에 젖고 무사안일에 빠져 인생에 위기가 올 수도 있다는 엄연한 사실을 망각하고 살았었다. 심지어 나는 나보다 못한 사람들은 쳐다보지도 않았으며 옆도 돌아보지 않고 오로지 나보다 나은 사람들만을 쳐다보며 위만 보고 살았었다.

그러나 무사안일에 빠져 위기를 망각한 대가는 참혹했다. 나는 내가 가진 모든 것을 한순간에 다 잃었으며 망연자실한 채

울부짖어야 했다. 그때 비로소 나는 내가 비닐하우스 안의 화초처럼 살아왔다는 것을 깨달았다. 교사로 근무할 때는 학교라는 울타리가 비바람, 눈보라를 다 막아 주었는데 그 비닐하우스가 걷히자 겨울의 세찬 바람이 사정없이 나를 후려갈겼다. 나는 혹독한 겨울 눈보라 앞에 발가벗겨진 채로 생존의 갈림길에 서게 되었다.

운다고 해결될 일이 아니었다. 혹독한 영하의 눈보라 앞에 발가벗은 채로 서 있다간 살이 터지고 심장이 얼어 동사(凍死)할 것이 확실하므로 나는 살기 위하여 본능적으로 정신을 차리고 주변을 살피기 시작했다. 나는 그때 '자존심'이라는 것도 배부를 때나 필요하다는 것을 알았다. 당장 얼어 죽게 생겼는데 자존심과 체면은 세상 아무짝에도 쓸모없는 것이었다. 우선은 체온이 떨어지는 것을 막기 위하여 보온을 할 수 있는 것이 필요했다. 주위를 둘러보니 누군가가 버린 거적이 있었다. 나는 우선 그것을 가져다 몸을 가리고 끈으로 허리춤을 묶었다. 거적에서 냄새가 났으나 그런 것을 따질 형편이 아니었다. 거적으로 몸을 가리자 극도의 허기가 온몸을 휘감았다. 나는 그때 알았다. 사람이 극한 상황에 놓이면 야생의 짐승과 다름이 없다는 것을. 나는 목숨을 부지하기 위하여 40년 가까이 한 번도 가보지 않은 길을 가야 했다.

학교에서 근무할 때는 한 달에 한 번 정해진 날에 하루의 지체도 없이 월급이 나왔다. 그러나 그곳을 떠나자 월급이라는 것이 사라졌으며 한 달 한 달을 버티기 위하여 피 말리는 삶을 이어가야 했다. 그러나 문제는 나 혼자만의 삶이 아니라는 데 있었다. 불안한 남편과 가장을 바라보는 아내와 아이들의 표정과 눈빛은 나의 양어깨에 바윗돌을 하나씩 올려놓은 듯한 무게감으로 다가왔다. 나는 초보 운전의 서툰 솜씨로 중고차를 몰고 고객의 집을 방문해야 했으며 초보 창업자로서 으레 겪어야하는 수모와 창피를 감내해야 했다.

상황이 상황인지라 자존심과 체면 따위는 나에게 아무런 도움이 되지 않았다. 나는 오로지 처자식을 부양하며 '살아야겠다'는 일념으로 삶의 전쟁터에서 버텨나갔다. 그러나 '인생'이란 생존의 전쟁터에서 살아남아 버티는 것은 생각보다 대단히 어려운 일이었다. 생존 현장은 학교와는 180도 다른 곳이었다. 학교에서는 적당히 교재 연구하고 적당히 수업해도 한 달에 한 번 정해진 날짜에 월급이 나왔지만, 인생이란 전쟁터에서는 '적당히'란 말은 애초에 통하지 않는 것이었다. 장사가 안 돼 수입이 부족한 달이 쌓이자 먹고살기 위하여 집을 담보로 대출을 받아야 했다. 그렇게 집이 날아가고 삶은 점점 더 쪼그라들었다.

그러나 나는 그렇게 17년을 버텼다. 비록 한때는 삶이 너무 버거워 극단적인 생각을 한 적도 있었지만 나는 그것을 실행으로 옮기지는 않았다. 그리고 그 지옥 같았던 죽음의 세월 17년을 견뎌오면서 나는 분명한 한 가지 깨달음을 얻을 수 있었다. 그것은 바로 '삶은 그렇게 쉽게 무너지지 않는다.'라는 것이었다.

06

평범한 삶의 소중함에 대하여

많은 사람들이 행복한 미래를 꿈꾼다. 그리고 그 행복한 삶의 조건에 '부'와 '명예'가 있다. 매주 수천만 명이 복권을 사고, 직장에서는 남보다 빨리 승진하려고 안간힘을 쓴다. 많은 사람들이 그렇게 살고 있다.

그렇게 앞만 보고 살다가 6년 만에 받은 건강 검진에서 적신호가 켜진다. "조직 검사 결과가 나왔는데요. 아무래도 큰 병원에 가서서 다시 검사를 받아보셔야 하겠습니다." 병원 문을 나서는데 갑자기 현기증이 나면서 어지럽다. 아직 큰 병원에 가서 검사를 받아본 것도 아닌데 '자라 보고 놀란 가슴 솥뚜껑 보고 놀란다.'라는 속담처럼 최악의 상황만 자꾸 머릿속을 맴돈다.

가상의 이야기이지만 이와 같은 상황은 누구에게나 일어날 수 있고, 이미 경험한 사람들도 있을 것이다. 돈을 잃는 것은 조금 잃는 것이요, 명예를 잃는 것은 많이 잃는 것이며, 건강을 잃는 것은 모든 것을 잃는 것이다.'라고 수없이 들어 왔지만, 평소에 그것은 남의 일이라 생각하고 자신과는 무관한 일이라고 생각하는 사람들이 의외로 많다. 2년에 한 번 받아야 하는 정기 건강 검진이 4년, 6년으로 미루어진다.

오로지 돈을 벌기 위하여, 남보다 일찍 높은 자리에 올라가기 위하여 몸도 돌보지 않고 달려왔지만 정작 사고는 건강 문제에서 터지는 경우가 많다. 건강에 심각한 문제가 생기고 난 후에야 비로소 사람들은 깨닫는다. "내가 도대체 지금까지 무엇을 위해서 살아온 거지? 건강을 잃으면 부와 명예도 다 부질없는 것인데 내가 너무 어리석게 살아왔구나."

우리는 평상시에 평범한 삶의 소중함에 대하여 잘 인식하지 못한다. 마치 물과 공기에 대하여 평소에 그 소중함을 인식하지 못하는 것처럼. 아침에 일어나면 출근할 직장이 있고 가족이 모두 건강하게 생활하는 것을 당연하게 여긴다. 그러나 실직을 해 보면 직장이 있고 출근할 수 있다는 것이 얼마나 소중한 것인가를 깨닫는다. 나는 내 기억으로 지난 17년간 세 번 정도 실직했던 것으로 기억한다.

직장인이었을 때는 아침에 일찍 일어나 출근을 한다는 자체가 고역이라고 생각한다. 그러나 실직자가 되면 그에게 가장 부러운 사람은 아침에 직장으로 출근하는 직장인이다. 아침에 일어났는데 갈 곳이 없다는 것만으로도 엄청난 좌절과 스트레스를 동반한다.

나는 예전에 실직 시절, 그냥 집에 있기가 무료하여 버스를 타고 강변역에 있는 동서울터미널에서 시간을 보낸 적이 있었다. 터미널 2층 대합실에서 신문을 한 부 사고 자판기 커피 한 잔을 빼서 의자에 앉는다. 멍하니 앉아 커피 한 잔을 비우고 신문을 펼친다. 아무리 행간의 기사까지 구석구석 읽어도 신문 읽기는 한 시간이면 끝난다. 오전 10시. 아직 점심시간까지만 해도 두 시간이나 남아있다. 어차피 집에 돌아가야 할 일도 없으니 지하철에 몸을 싣고 '시간 보내기 투어'를 떠난다. 직장인이었을 때는 점심시간까지 시간이 이렇게 길지는 않았는데. 한 시간이라는 시간이 무던히도 길게 느껴진다.

사람들이 북적거리는 모습이 보고 싶어 남대문시장으로 행선지를 정한다. 역시 시장은 사람 사는 모습으로 활기가 넘친다. 직장인이었을 때는 눈길도 주지 않았던 사람들이 오늘은 부럽게만 느껴진다. 심지어 '노점상'마저도. 그래도 저들은 '나갈 곳'과 '할 일'이 있지 않은가! 시장 이곳저곳을 둘러보다가 호떡 파는 가게에 들러 호떡 두 개로 늦은 점심을 때운다. 가슴에서 무엇인가 헛헛함이 치밀어 올라온다. 5시경, 귀가하는 버스에 올라타니 그것도 일이었다고 졸음이 밀려온다. 그러나 눈만 감았을 뿐 정신만은 생계 걱정으로 '웨이크 업' 상태다.

우리는 평소에 평범한 삶의 소중함에 대하여 잊고 산다. 그러나 한 번쯤 평범한 삶을 잃어보면 그것이 얼마나 소중했던 것인가를 스스로 깨닫게 된다. 우리가 출근할 직장, 내일을 기약할 수 있는 건강한 몸은 '당연한 것'이 아니다. 그 소중함을 인식하고 항상 '초심'을 잃지 말아야 할 것이다.

07

우리 모두는 언젠가 이 세상을 떠나야 한다

인간은 유한한 존재다. 아니 모든 생명체는 유한한 존재다. 모든 시작에는 끝이 있듯이 태어난 인간은 모두 언젠가는 죽음을 맞이하게 된다.

예전에 인터넷에서 뉴스 기사를 검색하던 중 '죽음 체험'이란 것을 본 적이 있다. 말 그대로 살아있는 사람이 망자(亡者)가 갇히는 관 속에서 일정한 시간 동안 죽음을 체험해 보는 것이었다. 나는 실제 그 체험을 해 보지는 않았지만, 상상만으로 그 '죽음 체험'을 생각해 본 적이 있다.

살아 있는 채로 관 속에 눕는다. 잠시 후 관 덮개가 닫히고 온 세상이 칠흑같이 캄캄해진다. 체험을 하는 사람은 일정 시간이 지나면 다시 일상으로 돌아가겠지만 망자에겐 그 칠흑 같은 캄캄함이 영원히 이어진다. 그것이 바로 '죽음'인 것이다. 우리 인간은 모두 언젠가 죽음으로써 이 세상과 영원히 이별하리라는 것을 알지만, 실제 사는 동안은 그것을 망각하고 산다. 심지어 매스컴을 통하여 타인의 죽음을 목도하더라도 그것은 자신과는 무관한 일이라고 생각하는 사람도 많다. 그러다가 자신의 가족 중에 누군가가 죽음을 맞이하면 일정 기간 슬픔에 빠진다. 그러나 그것도 '세월이 약'이라고 시간이 지나면 슬픔에서 벗어나 잊어버리게 된다. 그리고 변명 아닌 변명을 늘어놓는다. '그래도 산 사람은 살아야지' 하면서.

물론 맞는 말이다. 아무리 부모·자식이 죽었다고 해도 산 사람은 살아야 한다. 그러나 우리는 타인의 죽음을 보거나 가족의 죽음을 보았을 때 꼭 한 번 되짚어봐야 하는 중요한 진리가 있다. 그것은 바로 나 또한 언젠가는 '죽음'을 맞이한다는 사실이다.

많은 사람들에게 일시적으로 죽음을 잊게 하는 '마약' 같은 것이 있다. 그것은 바로 '부'와 '명예'다. 이 두 가지는 인간이 이 세상을 살아가는 데 물과 공기처럼 꼭 필요한 것이다. 그러나 부와 명예가 지나치게 되면 그것이 오히려 독이 되어 주어진 천수(天壽)를 누리지 못하고 죽음을 앞당기는 재앙이 될 수도 있다.

부와 명예는 마약과 같은 것이어서 그것을 누리고 있는 동안에 사람들은 '죽음'을 생각하지 않는다. 마치 천 년, 만 년 살 것처럼 세상을 두려워하지 않고 온갖 호사를 탐닉한다. 초심을 잃고 아랫사람에 대하여 봉건 시대 종 부리듯 갑질을 한다. 이때가 가장 위험할 때인데 마약에 중독되어 그것을 인식하지 못한다.

그러다가 갑자기 불행이 찾아온다. 불치병을 선고받을 수도 있고, 불의의 사고로 갑자기 세상을 떠날 수도 있다. 인생이란 '죽음'을 생각하며 두려움에 떨며 살 필요는 없지만, 그렇다고 죽음을 망각한 채 살아서도 안 될 것이다. 우리는 탄생과 죽음을 대자연의 섭리요, 우주의 법칙으로 자연스럽게 받아들여야 한다.

50대의 중년은 20대의 젊은 시절을 떠올리며 '그때가 좋았었지!' 하고 젊은 시절을 회상한다. 그리고 '다시 그 시절로 돌아갈 수 있다면 얼마나 좋을까!' 하고 공상에 빠지기도 한다. 그러나 이 중년 신사가 잊지 말아야 할 것은 그런 공상에 빠져 있는 순간에도 시간은 1초도 어김없이 흘러가고 있다는 사실이다. 나중에 80대가 되면 예전의 중년 신사는 30년 전 50대의 중년 시절을 회상하며 회한에 빠져들 것이다. 유한한 생명체인 우리 인간은 어느 누구도 '죽음'을 피할 수 없다. 많은 사람들이 '어떻게 살 것인가?'를 말하지만, 이 문제에 대한 정답은 오직 '죽음'을 직시할 때만 가능한 것이다.

유한한 인생을 그나마 의미 있게 살려면 가장 중요한 것이 '건강'을 지키는 것이다. '건강을 잃으면 모든 것을 잃는다.'라는 말은 다른 어떤 명언에 우선하는 천금과 같은 명언인 것이다. 또한 헛되이 시간 낭비하지 말아야 한다. 시간은 결코 되돌릴 수 없는 것이므로 낭비한 시간이 많을수록 노년에 지난날을 되돌아보며 후회하는 날이 많아진다는 것을 절대 잊지 말아야 할 것이다.

08

욕심이 지나치면 불행이 찾아온다

인간의 욕심에 한계가 있을까? 불행하게도 인간의 욕심에는 한계가 없다. 물론 욕심이라고 하여 모두 다 나쁜 것만은 아니다. 이타적(利他的)인 욕심은 지나쳐도 아무런 문제가 없다. 그러나 부나 명예에 관련된 욕심은 지나치면 반드시 화를 부르게 되어 있다.

부끄러운 얘기지만 교직에 있었을 때 나는 교사라는 직업에 크게 만족하지 못했다. 안정적이고 정년이 보장된 직업이기는 하나 젊은 나이에 그런 것은 매력적인 것이 되기는 어려웠다. 더구나 사립학교 교사는 승진에 있어서 공립학교 교사에 비해 공정한 경쟁을 기대하기 어려웠다. 사립학교 교사의 인사권은 재단 이사회 소속이었다. 그러므로 승진을 하기 위해서는 재단 이사회의 입김을 무시하기 어려운 구조였다.

교사의 승진 구조는 지극히 단순하다. 평교사-부장교사-교감-교장의 4단계가 전부다. 내가 재직했던 고교에는 평교사가 약 50명 정도였던 것으로 기억하는데 그중 약 4~5명 정도가 부장교사를 거쳐 교감, 교장이 되는 것이다. 교사가 된 지 약 12년 정도가 지났을 무렵, 나에게는 교직에 대한 매너리즘이 찾아왔다. 당시 나의 나이 만 37세, 정년까지는 25년이나 남았는데 비전이 보이지 않았다. 세월이 흐른 후 생각해보니 너무 이른 단정이었으나, 당시엔 평교사로 퇴직할 가능성이 90% 이상이라고 생각했다. 25년간이나 평교사로 근무하다가 평교사로 은퇴할 용기가 나지 않았다.

생각이 여기에 미치자 욕심과 관심은 밖으로 향했다. 고등학교 동창들을 만나면 대기업에 다니던 친구들이 유난히 부러웠다. 연봉도 교사에 비해서는 월등히 높고 당시 내 나이에 그 친구는 벌써 과장이었다. 호기롭게 술을 마시며 부장-이사 승진의 포부를 펼치는 친구 앞에서 평교사인 나의 어깨는 한없이 움츠러들 수밖에 없었다.

욕심의 잣대가 '부'와 '명예'로 넘어가자 관심의 화살은 오로지 그 방면으로만 날아갔다. 인생의 목표는 오직 부와 명예라고만 생각하게 되었으며 그 분야와는 거리가 먼 교사라는 직업은 점점 더 초라하게 보이고 미래에 대한 희망은 사그라지는 불꽃처럼 점점 꺼져가고 있었다. 이런 비정상적인 삶이 일정 기간 지속되다가 나에게 엄청난 불행이 찾아왔다. 나는 마치 둔기로 머리를 얻어맞은 듯이 세상에 내동댕이쳐졌으며 정신을 차렸을 때 이미 그곳은 생존 자체가 어려운 절망과 참혹함의 황무지였다.

그런데 이런 상황이 되자 지난 12년 이상 보이지 않았던 것이 한꺼번에 보이기 시작했다. '교사의 참모습'은 무엇인지, '왜 교사는 사명감으로 학생들을 가르쳐야 하는지' 예전에는 안개에 가려 보이지 않았던 것들이 아주 명징하게 보이는 것이었다. 그리고 왜 그런 소중한 것들을 망각하고 교사와는 거리가 먼 부와 명예에 집착했는지 한없는 후회와 한스러움이 밀려왔다. 부질없는 욕심으로 본분을 망각한 대가는 매우 혹독했다. 나는 생존이 어려운 처절한 삶의 전쟁터에서 죽음의 세월 17년을 보내야 했다.

우리가 매일같이 뉴스에서 접하는 사건·사고의 90% 이상은 인간의 탐욕에서 비롯한 것이다. 규정 속도를 지키지 않고 남을 배려하지 않는 운전 습관이 교통사고를 일으켜 소중한 남의 생명을 앗아가기도 한다. 힘들게 일하고 정당한 보수를 받기보다는 남보다 적게 일하고 더 많은 돈을 벌기를 원한다. 돈이 너무 많아 철철 흘러넘칠 정도가 되어도 불법·탈법을 동원하여 자식에게 상속하려고는 할지언정 기부하거나 남을 도우려고 하지는 않는다. 공직에 있는 사람은 청렴함이 가장 중요한 덕목이거늘, 이것은 내팽개치고 향락이나 부의 축적에만 골몰한다. 국민에 대한 봉사 정신이 우러날 리가 없다.

'잃기 전에 그것의 소중함을 아는 사람이 가장 지혜로운 사람이다라는 말이 있다. 행복하려면 남이 가진 것을 보지 말고 내가 가진 것을 보아야 하는 것이다. 자신은 가졌지만 남은 못 가진 것에 대해 감사함을 느끼고 부질없는 욕심을 버릴 때만 행복은 살며시 우리를 찾아오는 것이다.

09

힘든 날들을 이겨내는 비법

인생을 살면서 행복하고 좋은 날만 계속된다면 얼마나 좋을까? 모두가 원하는 꿈같은 바람이지만 지구상에서 살아가는 어떤 사람도 태어나서 죽을 때까지 행복하게만 살다 죽은 사람은 단 한 명도 없다. 어쩌면 행복한 날보다 힘들고 고통스러운 날이 더 많은 것이 인생이라고 보는 것이 합당할 것이다.

나는 교직을 그만둔 후 죽음의 세월 17년을 이겨냈지만, 교직에 몸담고 있었을 때는 행복한 시절도 있었다. 회고해보면 내가 가장 행복했던 때는 아내와 결혼했던 때부터 고3 담임을 맡았던 때가 아니었나 싶다. 나는 1993년 2월에 아내와 결혼했으며 94년 2월에는 연세대학교 교육대학원을 졸업했고 98년에는 고3 담임을 맡았다. 그야말로 그때는 행복한 나날의 연속이었고 그런 행복이 마냥 오래 가리라 생각했었다.

그러나 그 행복은 오래 가지 않았고 불행은 갑자기 찾아왔다. 나는 어느 한순간에 인생의 낭떠러지에서 굴러떨어져 생존이 위태로운 상태에서 인생을 다시 시작해야만 했다. 교직에 몸담고 온실 안의 화초처럼 살아온 사람에게 바깥세상은 비바람, 눈보라가 몰아치는 엄혹한 현실, 그 자체였다. 나는 온몸으로 혹독한 현실을 견디며 먹고살기 위해서 발버둥 쳐야만 했다.

나는 그때 많은 것을 깨달았다. 마치 낮에는 보이지 않던 많은 별들이 밤이 되면 밝게 빛나듯이, 내가 잘 나갈 때는 느끼지 못했던 현실이 밤하늘의 별처럼 생생하게 느껴지는 것이었다. 부끄러운 얘기지만 교사로 근무했을 때 나는 위만 보고 살았지, 옆이나 아래에는 시선을 주지 않았다. 오로지 교사였던 나보다 더 풍족하게 사는 친구와 지인들을 부러워했었다. 그러나 학교를 떠나게 되자 예전에는 눈길조차 주지 않았던 것을 보게 되었던 것이다.

나는 교직을 그만두고 모진 세파 속에 살았던 지난 17년 동안 내가 교직에 몸담았던 곳보다 100배 넓은 세상을 보고 체험했다. 교사로 살았던 시절에는 온상 안이 세상의 전부인 줄 알았는데 그곳을 뛰쳐나오자 백 배 넓은 세상이 있다는 것을 비로소 알게 되었다.

나는 먹고살기 위해 여러 가지 직업(자영업, 중소기업 사원, 학습지 교사, 아파트 경비원)을 전전하며 수많은 사람들을 겪어 보았다. 이 세상에는 초등학교를 졸업한 사람부터 외국 대학에서 박사 학위를 받은 사람까지 다양한 사람이 있으며, 폐지를 주워 월 10만 원을 버는 노인부터 수십억 원의 연봉을 받는 대기업 임원이 있다는 것도 비로소 알게 되었다.

교직에 있었을 때는 누구에게 아쉬운 얘기할 필요가 없었던 내가 바깥세상에서는 막말도 들어야 했다. 교직에 있을 때는 단 한 번도 월급이 제날짜에 입금이 되지 않은 적이 없었는데, 중소기업에 근무할 때는 월급이 제날짜에 들어온 적이 거의 없었으며 그나마 2~3개월씩 월급이 체불되는 것이 다반사였다. 그나마 실직했을 때는 5~6개월씩 수입이 한 푼도 없었을 때도 있었다.

비바람과 눈보라, 폭염과 혹한을 맨몸으로 10년의 세월을 버티니 나에게도 내성(耐性)이 생기기 시작했다. 곱던 손마디에는 굳은살이 박혔으며 불사조 같은 강인한 근성이 골수에 뿌리내렸다. 그리고 이와 같이 강인한 체력과 철통같은 정신력으로 무장하게 되자 비로소 어떤 인생의 세파에도 굴복하지 않는 강력한 카리스마를 갖추게 되었다.

그러나 내가 지금 현재까지 버텨온 내면에는 강인한 체력이나 철통같은 정신력보다 더 중요한 나만의 '인생 신조'가 있다. 그것은 다름이 아니라 '초심을 잃지 말고 과욕을 삼가라'는 것이다. 나는 내가 초심을 잃고 과욕을 부려 학교를 그만두었다고 생각하며 교직을 떠난 후 오늘날까지 단 하루도 위의 생활 신조를 잊은 날이 없다. 모든 불행은 '초심을 잃고 과욕을 부리는 것'에서 비롯되는 것이며, 무슨 일을 하든지 '초심을 잃지 말고 과욕을 삼가라'는 인생 격언을 잊지 않으면 행복한 삶을 살 수 있다고 굳게 믿는 것이다.

10

생존 능력

우리는 보통 '생존 능력'이라는 단어를 인위적으로 설정한 상황에서 사용하는 경우가 많다. 가령 '무인도'라는 극한 상황을 설정해놓고 그곳에서의 '생존 능력'을 시험해보듯이 말이다. 그러나 험난한 인생 여정을 살아가다 보면 무인도보다도 훨씬 더 험난한 상황에 놓이는 경우가 있다. 인생을 살면서 적당한 기후에 탄탄대로만 걸어갈 수 있다면 얼마나 좋겠는가마는 유감스럽게도 인생길에는 예고 없는 불행이 나타나 생존이 심히 위태로워지는 상황에 내몰릴 수도 있다.

내가 학교를 그만둔 그해, 내 수중에 남겨진 퇴직금은 약 5천만 원이었다. 당시 내 나이는 마흔이었고 큰아이가 9살(초등학교 2학년), 작은아이가 5살이었다. 당시 손에 쥐었던 퇴직금으로는 월급 200만 원씩 계산해서 2년만 쉬면 무일푼이 되어 2년 후엔

온 가족이 번개탄을 피우고 동반 자살해야 하는 상황이었다. 나는 사랑하는 아내와 아이들을 보면서 그런 길을 갈 수는 없다고 생각했다. 그러나 현실은 만만치 않았다.

혹자는 이렇게 얘기할 것이다. 나이 40이면 취업을 하는 것이 낫지 않냐고. 그러나 14년 가까이 교직에만 몸담았던 전직 교사가 당장 재취업할 일자리는 쉽지 않으며, 중요한 것은 취업에 걸리는 기간 만큼 돈은 빠져나간다는 것이었다. 나에게는 선택의 여지가 없었다. 일단 교직에 있을 때 틈틈이 익혀 둔 컴퓨터 기술을 바탕으로 컴퓨터 수리점을 개업하기로 했다.

작은 컴퓨터 수리점이지만 개업 비용만 2천 5백만 원 정도가 들었다. 프랜차이즈 컴퓨터 수리점 가맹비 5백만 원, 중고차 구입비 5백만 원, 점포 보증금 천만 원, 점포 집기류 및 시설 비용 약 5백만 원 등이었다. 퇴직금의 절반을 뭉텅 잘라내어 창업을 했지만 세상을 모르는 전직 교사 출신 풋내기 사장에게 세상은 그리 호락호락하지 않았다. 처음에는 초보 운전에 고객의 집까지 차를 몰고 나가 주차하는 것도 쉽지 않았으며, 사업 요령을 몰라 하루에 2~3만 원을 버는 날도 숱하게 반복되었다. 그 와중에 나보다 2년 정도 일찍 퇴직하여 아버지 사무실에서 일하고 있던 남동생이 나에게 생계를 의탁해 왔다.

당시 내 처지는 창업한 지 1년도 안 되어 월수입이 150만 원도 안 되는 상황이었는데, 남이라면 모를까, 사정이 어려워 형의 품을 파고든 친동생을 차마 내칠 수는 없었다. 당시 나와 동생은 작은 컴퓨터 수리점을 두 가족의 생계 밑천으로 삼아 정말 처절하게 세상에 맞섰다.

하지만 한 가족이 먹고살기도 힘든 가게에서 두 가족이 버티기란 애초에 너무도 버거운 일이었다. 결국 수입이 턱없이 부족하여 6개월이 멀다 하고 집을 담보로 대출을 받아야 했고 결국 3년 후 형제는 중대 결정을 하게 되었다. 동생이 가게를 운영하고 나는 주택 담보 대출을 받아 임용고시를 준비하기로 한 것이었다. 그러나 지나고 나서 생각해 보면 임용고시 준비는 궁지에 몰려 막다른 골목에서 한 선택이었을 뿐, 그 또한 호락호락한 길이 아니었다. 결국 1년 후 나는 1년 생계비 2천 5백만 원만 날리고 다시 생계의 벼랑 끝에 서게 되었다.

앉아서 온 가족이 죽을 수는 없었으므로 나는 돈을 벌어 생계를 유지할 수 있는 곳으로 가야 했고 그렇게 선택한 곳이 'D 전기'라는 중소기업이었다. 그곳은 영화 <실미도>와 같은 가혹한 곳이었는데 나는 그곳에서 이를 악물고 2년을 버텼다. 그러나 그곳도 2009년 금융 위기로 그만두고 1년간 실직하면서 참혹한 시기를 맞이하게 되었다. 그 이후 학습지 교사 5년 7개월, 아파트 경비원으로 4년 정도 일하며 현재까지 이어오고 있다.

나는 지금도 간혹 17년 전 그때를 떠올리며 내가 그때 다른 선택을 했더라면 어땠을까를 생각하곤 한다. 아마 그랬더라면 오래전에 나와 내 가족은 이 세상에서 사라졌을 것이다. 그래도 지난 시간을 생각해 보면 퇴직 후 17년을 버틴 나의 생존 능력은 단연 'A+'였다. 나는 간혹 엄혹한 시간을 버틴 나 자신을 위로하고 박수를 보내곤 한다.

11

힘들고 고통스러울 때는 사극을 보라

교직을 그만두고 죽음의 세월 17년을 견뎌오면서 힘든 시간이 수도 없이 많았다. 힘든 시간도 힘든 시간이려니와 나에게는 그 시절에 용기를 줄 수 있는 친구 하나 없다는 것이 더욱 괴로운 일이었다. 그렇다고 그런 시간마다 낙담하고 주저앉아 있을 수는 없는 일이었다. 나는 친구를 대신할 수 있는 것을 찾아 나서기 시작했다.

그 당시 나에게 큰 힘이 되어주었던 것이 '역사극' 바로 '사극(史劇)'이었다. 사극은 가공의 이야기가 아니라, 실제 있었던 역사를 바탕으로 한 것이기에 충분한 '리얼리티'를 확보하고 있었다. 그러나 대부분의 사극은 이미 종영되어 TV에서 다시 보기는 어려운 일이었다. 그러던 중 인터넷 정보검색을 통하여 이미 종영된 사극의 동영상 파일을 다운받는 방법을 알게 되었다. 나는 매우 기뻤다. 당시 나는 서울 강동구에서 아파트 경비원으로 근무하고 있었는데 사극은 경비실에서 지루한 시간을 보내는 데도 안성맞춤이었다. 나는 정보 검색을 통하여 이미 종영된 사극의 목록을 찾아 해당 동영상을 구해 시청하기 시작했다.

가장 먼저 나의 이목을 끈 것은 바로 〈삼국지〉였다. 중국 고대 국가인 '위', '촉', '오' 삼국의 역사를 다룬 〈삼국지〉는 예전에 책으로 읽은 적이 있었는데, 이 어마어마한 이야기가 중국 현지에서 촬영되어 95편의 동영상으로 만들어져 있었다. 나의 기쁨은 이루 말할 수 없었다. 삼국지는 2~3세기의 역사를 다룬 것이지만 그 안에 등장하는 수많은 인물과 그들이 엮어가는 다이내믹한 이야기는 가히 '사극'의 으뜸이라고 해도 손색이 없을 정도다.

다음은 1994년에 제작된 〈한명회〉다. 세조 때의 계유정난을 배경으로 한명회라는 불세출의 인물이 엮어가는 인생사의 길흉화복과 흥망성쇠를 잘 보여주고 있다.

이어서 시청한 것은 바로 〈태조 왕건〉이었다. 이 대하 사극은 자그마치 200편으로 제작된 역작으로 후삼국부터 고려의 건국으로 이어지는 역사를 리얼하게 재현하고 있다. 특히 신라 말의 어지럽던 시절, 백성을 구하겠다고 일어선 당대의 영웅 '궁예'와 '견훤'의 스토리는 힘든 시절을 살고 있었던 나에게 깨달음을 주며 자극제가 되기에 충분했다.

다음에 등장하는 사극은 바로 〈주몽〉이다. MBC 창사 기념 특집으로 제작된 이 사극은 고조선 멸망 후 그 정신을 이어받아 고구려를 건국한 주몽의 이야기다. 해모수와 유화부인의 소생인 주몽은 당시 부여국 왕자인 대소와 영포로부터 끝없는 시기와 살해의 위협을 받는다. 그러나 인간의 한계를 뛰어넘는 의지로 역경을 극복하고 고구려를 건국하고 임금이 되었다. 나는 주몽이 인간으로서 극복하기 어려운 시련을 이겨내는 과정에서 큰 감동을 받았다.

다음 사극은 발해 건국 시조의 이야기인 〈대조영〉이다. 사실 나는 발해 건국에 관한 '사실(史實)'은 잘 알지 못하였다. 그러나 대조영을 통하여 그 생생한 역사의 현장을 간접 체험할 수 있었다. 고구려 멸망 후 고구려의 정신을 이어받아 유민들을 이끌고 악전고투하며 옛 고구려의 영토에 나라를 세운 그의 이야기는 나에게 엄청난 감동을 주었다. 나는 누군가 '당신이 보았던 사극 중 하나만 권한다면 어떤 것을 추천하고 싶은가?'라고 묻는다면 나는 당당하게 〈대조영〉을 권하고 싶다.

나는 사람의 인생은 고금(古今)을 떠나 대동소이(大同小異)하다고 본다. 인생에는 분명히 길흉화복(吉凶禍福)이 있으며 그것은 돌고 돈다. 우리는 힘들고 고통스러울 때마다 친구를 불러내어 술을 마실 수는 없다. 그러나 오래전 역사의 이야기를 다룬 사극을 본다면 우리는 인생 선배들이 엮어가는 그 리얼한 스토리를 통하여 위안과 용기를 얻을 수 있다. 힘들고 고통스럽다고 먼 산을 바라보고 한숨만 내쉬고 술로 세월을 보낸다고 현실이 바뀌지는 않는다. '힘들고 고통스러울 때는 사극을 보라.' 고통을 이겨내는 용기와 지혜를 배우게 될 것이다.

12

내 인생의 미래를 알고 싶다면

인생을 살다 보면 간혹 '내 인생의 미래'를 알고 싶어질 때가 있다. 그래서 사람들은 조급한 마음에 점쟁이를 찾아가기도 한다. 그러나 '점쟁이가 저 죽을 날 모른다는데' 남의 인생의 미래를 어찌 알랴!

인생의 미래를 정확하게 예측하는 것은 불가능하다. 만약 지구상에 미래를 정확하게 예측하는 자가 존재한다면 인류는 그로 인하여 불행에 빠질지도 모를 일이다. 인생을 정확하게 점치기는 불가능하지만 과거의 경험을 바탕으로 어느 정도 예측해보는 것은 가능하다.

사람의 인생은 크게 나누어 상승기, 정체기, 하강기로 구분할 수 있다.

사람들은 대체로 상승기를 가장 선호한다. 상승기에 들어서면

막혔던 것들이 하나둘씩 풀리고, 마치 봄바람에 눈이 녹듯 인생에 훈풍이 불어온다. 상승기를 맞이한 사람들의 얼굴에는 미소가 떠나지 않으며 가족 간에도 잃었던 웃음이 돌아온다. 현재 자신이 인생의 상승기 초입에 들어섰다고 생각하는 사람은 다소 미래에 대한 희망과 낙관을 가져도 좋다. 대체로 상승기는 하강기의 정점에서부터 시작된다. 상승기는 오랜 기간의 하강기와 바닥의 극심한 고통을 이겨냈기에 주어진 보상이라는 것을 알아야 한다. 이것은 한여름의 폭염을 이겨낸 후에 맞이하는 선선한 가을바람과 같은 이치다.

지혜로운 사람은 상승기에 하강기를 준비한다. 이것은 가을에 겨울을 준비하면 겨울을 따뜻하게 날 수 있는 것과 같은 이치다. 그러나 이런 사람은 매우 드물다. 대부분의 사람들은 상승기가 무한정 갈 것이라고 생각하다가 상승기의 정점에서 인생의 하강기를 맞이한다.

인생의 하강기는 사람에 따라 그 유형이 다르다. 가장 다행인 경우는 경제처럼 인생의 하강기도 연착륙을 하는 것이다. 이런 경우 갑작스럽게 불행을 맞이하지 않고 일정 기간 정체기를 갖다가 완만하게 하강하는 경우다. 이런 사람은 비록 인생의 하강기의 기간은 길지만 극단적인 불행으로 이어지지 않는다는 장점이 있다.

그러나 대부분 인생의 하강기는 예고 없이 갑자기 찾아온다. 마치 지상 5층에서 지하 5층으로 추락하는 것처럼 엄청난 불행이 갑자기 찾아오는 경우가 대부분이다. 사람에 따라서는 사망에 이르기도 하고, 사고로 장애인이 되기도 하며, 불치병을 얻어 인생의 사형 선고를 받기도 한다. 이런 불행이 찾아왔을 때 많은 사람들이 이구동성으로 하는 말이 있다. '왜 나에게 이런 일이! 이런 일은 남에게만 일어나는 것인 줄 알았는데.' 그러나 이 말은 얼마나 이기적이고 아둔한 말인가! 어떻게 극단적인 불행이 남에게는 일어나도 되고 자신과 자신의 가족에게 일어나서는 안 되는 것인지. 정상적인 인간으로서는 이해하기 어려운 일이다. 인생의 하강기는 맵고 쓰리다. 하는 일마다 실패하며 극도의 불행으로 빠져든다. 인생의 출구는 보이지 않으며 유약한 사람의 경우 극단적인 선택을 시도하기도 한다.

그러나 가장 희망적인 사람은 하강기의 정점에 서 있는 사람이다. 지상 5층에 서 있는 사람은 지하 5층으로 추락할 수 있지만, 지하 5층에 있는 사람은 더 이상 내려갈 곳이 없기 때문이다. 11월에 마지막 단풍을 즐기고 온 사람에게는 이제 혹한의 겨울이 기다리고 있지만 소한, 대한 추위를 다 이겨낸 사람에게는 이제 따뜻한 봄이 기다리고 있는 것이다.

지구상에 사는 어떤 인생도 평생 행복하거나 평생 불행한 사람은 없다. 인간은 누구나 살면서 상승기, 정체기, 하강기를 체험하며 이것은 살아있는 동안 계절의 변화처럼 반복한다. 단지 개인에 따라 그 주기가 다를 뿐이다.

현재 자신이 상승기에 있다면 경거망동하지 말고 주변의 어려

운 이웃을 살필 일이다. 현재 자신이 하강기에 있다면 너무 절
망하거나 낙담하지 말고 곧 다가올 상승기를 기다리며 인내하
며 준비할 일이다. 인생은 결국 상승기와 하강기를 순리로 받아
들일 때 그만큼 성숙해지는 것이다.

13

자연에서 배우는 지혜

인생을 살다 보면 기쁘고 행복한 날보다 힘들고 불행한 날들이 훨씬 많음을 알게 된다. 누구나 인생을 살면서 비단길이나 꽃길만을 걷고 싶어 하지만 인생길에는 자갈길이나 사막과 같은 길이 더 많다. 비단길이나 꽃길을 걸을 때는 하루하루가 행복하다. 부와 명예가 차고 넘칠 만큼 풍족하고 주변에 친구들이 무수히 많다. 앞으로의 인생길이 영원히 오늘과 같이 빛나고 아름다울 것 같다. 그러나 불행은 한순간에 찾아온다. 불행이 찾아올 때 예고라도 하고 오면 마음의 준비도 하고 충격도 최소화하련만, 불행이란 놈은 인정사정없는 냉혈한이다.

철옹성처럼 영원히 나를 지켜줄 것 같았던 부와 명예가 신기루처럼 사라진다. 오일장을 찾는 손님처럼 바글바글하던 친구들과 지인들로부터의 전화가 눈에 띄게 줄더니 어느 순간 하루에 한 통의 전화도 걸려오지 않는다. 다급한 마음에 친구의 연락처로 통화를 시도해보지만 통화 연결음이 20번이나 울려도 친구는 전화를 받지 않는다. 예전에는 하루가 멀다 하고 전화가 걸려오던 친구였는데 말이다.

이때부터는 일정 기간 '술'이 친구를 대신한다. 부와 명예가 사라진 자리에 시간만 많이 남는다. '혼술'이 늘기 시작한다. 예전과 달리 '술과 안주'의 차림새의 비율이 깨진다. 소주 두 병에 작은 참치 캔 하나. 예전 같으면 상상하기도 어려운 일이다. 부족한 술안주는 친구와 지인들을 향한 '분노감'으로 채운다. 술잔도 바뀐다. 곱게 먹던 정량 소주잔이 종이컵으로 바뀐다. 술 먹는 속도도 빨라진다. 분노감이 자꾸 음주를 자극해 1시간도 안 되어 소주 두 병을 비운다. 오후 8시도 안 된 시간에 이미 만취 상태가 되어 소파 모퉁이에서 새우잠을 청한다.

음주 습관이 바뀐다. 예전에는 많이 마셔야 술 마시는 날이 일주일에 이틀 정도였는데, 이제는 술 안 마시는 날이 일주일에 이틀 정도로 바뀐다. 서서히 건강은 나빠지고 인생 내비게이션은 이미 '폐인으로 가는 길'로 경로를 잡았다.

5일을 내리 술을 마신 어느 금요일 밤, 때아닌 겨울비가 추적추적 내린다. 밤 10시 반, 허접하게 차려입고 아파트 놀이터를 찾는다. 벤치에 앉는다. 눈에서 무언가 짭짤한 물이 흐른다. 안경 밑으로 빗물과 눈물이 하모니를 이루며 볼을 타고 흘러내린다. 갑자기 미친 사람처럼 웃기 시작한다. 다행히 추운 겨울에

비 오는 밤이라 주변에 사람이 없어 '개망신' 당할 일은 없다.

찬찬히 주위를 둘러본다. 그리곤 무슨 깨달음을 얻었는지 갑자기 무릎을 탁 친다. '자연'이란 대 스승 앞에 마음이 경건해지고 옷깃을 여미게 된다. '인간은 자연의 일부다.' 즉 다시 말해 자연의 섭리가 있다면 자연의 일부인 인간 또한 여기에서 벗어날 수 없는 것이다. 갑자기 망치로 머리를 한 대 맞은 듯이 술이 확 깨며 인생의 깨달음 한 조각이 뇌리에 박힌다.

'겨울이 가야 봄이 오고, 여름이 가야 가을이 온다.' 봄과 가을은 누구나 선호하는 계절이지만 봄을 맞이하려면 혹독한 겨울의 추위를 견뎌내야 하고, 선선한 가을을 즐기려면 한여름의 폭염을 이겨내야 하는 것이다. 인생의 불행과 고통이 찾아왔을 때는 지금 겨울과 여름이 찾아왔다고 생각해야 한다. 겨울과 여름을 견디지 못해 세상과 이별한 사람은 절대 봄과 가을을 맞이하지 못한다.

밤과 아침도 마찬가지다. 밤과 새벽이 지나가야 아침이 오는 것이지 밤이 지나지 않고 아침이 오는 법은 절대 없다. 힘들고 고통스러운 시간이 지나가야 기쁘고 행복한 시간이 찾아오는 법이다. 날씨 또한 이와 같다. 비 오는 날이 있으면 맑은 날도 있고, 미세먼지 자욱한 날이 있으면 시야가 깨끗한 청정한 날도 있다. 한여름 장마로 2~3일씩 비가 오는 날이 있는가 하면 불볕더위의 폭염이 4~5일간 지속되는 날도 있다.

자연은 인생의 큰 스승이다. 인생을 살다가 불행으로 고통스럽고 힘겹다면 자연에서 깨달음을 얻어라. 걸려올 가망이 없는 친구의 전화를 기다리기보다, 자연이라는 큰 스승의 죽비 소리에 깨달음을 얻는 것이 훨씬 더 지혜롭고 가치 있는 일이다.

14

가장 잘나갈 때가 가장 위험할 때다

인생과 등산은 많이 닮았다. 산을 오르다 보면 오르막길을 올라갈 때가 있고, 평지를 걸어갈 때가 있으며, 내리막길을 내려올 때도 있다. 이 세상에 존재하는 모든 산에는 정상이 있기 때문에 오르막길만 있거나 내리막길만 있는 산은 존재하지 않는다.

그러면 산행 중 일어나는 등반 사고는 언제 가장 많이 일어날까? 등산을 해본 사람들은 알겠지만 대부분의 등반 사고는 하산 길에 일어난다. 정상에 올라갈 때까지는 나름 조심도 하고 긴장도 한다. 정상까지 올라야 하기 때문이다. 그러나 일단 정상에 오르고 나면 긴장이 풀린다. 내리막길은 오르막길보다 한결 수월함을 알기 때문이다. 산 정상에서는 물을 마시고 식사를 하거나 간식을 섭취해야 하는데, 산의 정상에 올랐다는 정복감에 막걸리 뚜껑이 열리고 술잔이 돌기 시작한다.

인생의 오르막은 산행과는 다르다. 산행의 오르막길에는 다소의 피로감과 긴장이 있지만, 인생의 오르막길에는 환희와 기쁨이 따른다. 하루하루가 행복하고 이 좋은 날이 끝도 없이 지속될 것만 같다. 세상이 우습게 보이고 흘러넘치는 부와 명예에 도취하여 안하무인이 된다.

그러다 정상에 선다. 앞의 등산길에서 말했지만 정상에서는 물을 마시고 허기를 달래야 하지만 이미 오르막길에서 인생의 행복과 기쁨을 맛본 사람은 인생의 정상에서 물을 마시거나 밥을 먹지 않는다. 폭탄주가 만들어지고 술잔이 돌기 시작한다. 이미 정상에 오르기까지 온갖 부와 명예에 중독된 뇌는 삶의 관성을 벗어나지 못한다. 술은 하산이 완료된 상태에서 즐겨야 하거늘, 이미 정상에서 만취 상태가 된다.

인생의 하산 길에 들어선다. 어찌 된 일인지 오르막길에는 그렇게 많던 동료들이 하나둘 하산 길을 재촉하더니 어느덧 모두 사라지고 홀로 남았다. 취기로 몸은 말을 듣지 않고 방향을 혼동하여 등산로를 벗어나 발을 헛디뎌 산 아래로 굴러떨어진다.

인생길에서 잘나갈 때는 주변에 사람이 많다. 이때 불쌍한 우리의 주인공은 자신이 잘나서 주위에 많은 사람이 모여든다고 생각한다. 그러나 이것은 엄청난 착각이다. 사람들은 기본적으로 자신이 잘 되는 것을 좋아하지 남이 잘되는 것을 바라지 않는다. 단 가족과 부모·형제는 예외다. 잘나가는 사람의 주변에 사람이 많았던 것은 그가 좋아서가 아니라 내가 성공의 길로 가는 데 그 사람의 부와 명예가 필요하기 때문이다. 그래서 단지 그를 따르는 척, 좋아하는 척했을 뿐이다. 그것을 불쌍한 우리의 주인공만 몰랐던 것이다. 가식적인 얼굴을 하고 그의 주변에 몰려들었던 사람들은 그의 몰락을 바라고 있으며 파멸을 원하고 있다. 그래서 그가 정상에 오르기까지는 그가 소유한 부와 명예가 필요해 순종하고 따르는 척하지만, 이미 정상에 올라 내리막길만 남은 상황에서는 더 이상 비굴하게 아첨을 하며 그의 곁에 머물러 있을 이유가 없는 것이다. 불쌍한 우리의 주인공만 그것을 몰랐고 하산 길에 실족하여 다리가 부러져 통곡하고 있는 것이다.

대부분의 사람들은 잘나갈 때는 조심하지 않는다. 초심을 잃고 쓸데없이 과욕을 부린다. 끝도 한도 없이 부와 명예가 지속될 것 같은 환상에 빠진다. 이미 다리가 부러진 상태에서 세상 인심의 비정함과 사람들의 표리부동을 원망해보지만, 먹을 것이 없는 잔치에 누가 오려고 하겠는가? 다 부질없는 일인 것이다.

인생에서 정말 신중하고 조심해야 할 때는 실패와 좌절했을 때가 아니라 잘나갈 때이다. 실패와 좌절을 맛본 상태는 심적으로는 괴로우나 과욕을 부리지 않는다. 바닥에 있기에 더 이상 내려갈 곳이 없어 그만큼 안전한 것이다. 그러므로 잘나갈 때는 더욱 신중하고 조심해야 한다. 정상에 섰을 때 이미 경고등이 켜진 것이다. 술에 취할 것이 아니라 수분을 보충하고 허기를 달래야 한다. 하산을 완료하여 평지에 발을 디딜 때까지 긴장을 늦추어서는 안 되는 이유가 여기에 있는 것이다.

15

타인의 지혜를 얻는 방법

인간은 이 세상을 홀로 살아갈 수는 없다. 이 세상에 태어난 모든 인간은 어떠한 형태가 되었든 다른 사람과 관계를 맺으며 살아가게 된다. 그리고 인생을 사는 데 꼭 필요한 것이 바로 '지혜'다.

내가 대학 시절을 보냈던 1980년대에는 주로 책을 통해서 타인의 지혜를 얻었다. 당시에는 현재 누구나 갖고 있는 휴대폰이라는 것이 없었고 '인터넷'조차도 존재하지 않았기 때문이다. 그러나 대학 도서관에 가면 수많은 종류의 책이 있었다. 도서관은 개가식으로 책이 비치되어 그 자리에서 볼 수도 있었고 대출을 받아 일정 기간 이용할 수도 있었다.

대학을 졸업한 지 30년도 넘은 지금 생각해 보면 당시 다양한 분야의 많은 책을 읽지 못했던 것이 아쉬움으로 남는다. 물론 대학 생활이라는 것이 샌님처럼 도서관에서 책만 읽을 수는 없겠으나 대학을 다닐 때처럼 책 읽을 시간이 많았던 때가 없었다는 것을 생각하면 아쉬움이 남는 것이다.

나에게 타인의 지혜를 얻는 채널의 폭이 대폭 늘어난 것은 교직을 그만둔 2002년 이후였다. 학교를 떠난 세상은 그야말로 모든 것이 '인생교과서'였다. 물리적으로 견주어 말하기는 어렵지만, 학교 안 세상과 학교 밖 세상은 인생 경험의 폭에 있어서 그 차이가 백 배 이상이었다. 교직에 있을 때 타인의 지혜를 얻는 방법은 고작 책이나 신문 정도였지만 학교 밖 세상에서는 부딪치는 하루하루가 모두 인생의 지혜를 체득해 가는 과정이었다.

자영업을 운영하면서 나는 비로소 인생이 '전쟁터'라는 것을 실감할 수 있었다. 점포를 운영하면서 한 달 생활비를 번다는 것이 얼마나 어려운 일인가를 뼈저리게 깨달은 것이었다. 당시 어려움을 극복하는 데 큰 힘이 되었던 것이 바로 사극 〈불멸의 이순신〉이었다. KBS에서 방영했던 것으로 기억하는데 이순신 장군이 수많은 역경을 극복하고 왜적을 물리치는 모습은 나에게 용기와 지혜를 주며 역경을 이겨내는 데 큰 힘이 되었다.

2010년대에 들어서면서 인생의 지혜를 얻는 채널은 많이 늘어나게 되었다. 특히 인터넷은 초고속망이 보급되면서 정보의 바다를 빠른 속도로 검색할 수 있게 해주었다. 특히 '유튜브' 채널은 나에게 수많은 인생의 지혜를 제공해 주었다. 나는 여건이 안 되어 강연에 참석할 수 없는 아쉬움을 해당 동영상을 찾아

감상하면서 해소할 수 있었다. 유튜브 채널은 지혜를 얻기에 상당히 편리하고 유용한 도구다. 그곳에는 검색어만 입력하면 관련된 수많은 동영상들이 올라온다. 시간 여유가 있다면 바로 시청해도 되고, 그렇지 않다면 소프트웨어를 사용하여 동영상을 다운받아 편리한 시간에 시청해도 된다.

케이블 TV 또한 지혜를 얻는 데 많은 도움이 되었다. 케이블 TV가 없었던 시절에는 주로 지상파 TV 정도만 볼 수 있었으나, 이제는 선택할 수 있는 채널이 50개가 넘는다. 나는 '각본 없는 드라마'라고 하는 프로야구 시청을 통해서 인생의 지혜를 얻고, 즐겨보는 '다큐'나 '역사' 채널을 통해서 또 다른 인생의 지혜를 배운다.

라디오 또한 훌륭한 지혜 습득의 도구다. 라디오는 인터넷이나 TV 시청을 통하여 지친 눈을 쉬면서 지혜를 얻기에 안성맞춤이다. 나는 라디오에서 소개되는 애청자들의 사연이나 각종 좋은 정보를 통해서 인생의 지혜를 얻는다.

바깥나들이 또한 지혜를 얻는 방법이다. 올해는 코로나 19로 인하여 나들이에 제한을 받고 있지만 한 번씩 바깥바람을 쐬면 사람 사는 모습과 행인들의 표정에서도 세상을 읽을 수 있다. 특히 금년에는 코로나 19로 인하여 폐업하는 점포가 늘어가는 것을 보면서 인생살이의 팍팍함을 간접적으로 느낀다.

삶의 지혜는 학교나 책에서만 배우는 것은 아니다. 어차피 인간은 홀로 살아갈 수 없는 것이라면 우리는 고도로 발달한 정보화 세상에서 다양한 채널을 통하여 지혜를 얻어야 한다. 그리고 그것은 우리가 세상을 살아가는 데 든든한 지원군과 버팀목이 되어줄 것이다.

제2부

16

왜 나에게 이런 일이

인간은 본래 '이기적'일까? 아니면 '이타적'일까? 이러한 물음에 대해 100% '이렇다'라고 대답할 수는 없다고 본다. 그러나 내 개인적인 생각으로는 인간은 대부분 '이기적'이라고 생각한다. 우리는 매일 TV나 라디오 등을 통하여 사건·사고 뉴스를 접한다. 교통사고·화재·자연재해·강력 범죄 등을 통하여 매일 적지 않은 사람들이 사망하거나 부상당했다는 소식을 우리는 목도한다. 대부분의 사람들이 그런 뉴스를 접하면 일부는 충격을 받고 일부는 불행을 당한 이에게 애도와 연민을 표하지만 이내 곧 무관심의 대상이 되어 버리고 만다. 왜냐하면 '나'와 '내 가족'의 일이 아니기 때문이다.

일부 몰지각한 사람들은 '남의 불행은 나의 행복'이라는 말대로 남의 불행에서 은근히 행복감을 느끼기도 한다. 이런 인간들이야말로 하등 동물 같은 사람들이며 인간의 추악한 면모를 여실히 보여주는 증좌이기도 하다. 나의 인생 경험에 의하면, 불행은 예고 없이 갑자기 온다. 불행이라는 것이 일기 예보처럼 미리 알 수 있다면 대비할 수도 있으련만, 그것은 갑자기 찾아와 순식간에 생명을 앗아가거나 한 인간의 운명을 송두리째 바꿔 놓는다.

나는 원치 않는 이유로 교직을 그만둔 후, 남의 불행을 보도하는 언론 뉴스를 볼 때마다 절대 그것을 '남의 불행'이라고만 여기고 무관심하게 지나치지 않는다. 가장이 사망하였다면 그로 인해 충격과 슬픔에 빠져 있을 가족들을 생각하고, 자녀가 사고를 당했다면 그 일로 인해 충격적인 슬픔에 빠져 있을 부모의 마음을 헤아리려고 노력한다. 심지어 우리나라를 벗어나 해외에서 일어나는 타국인들의 불행에 대해서도 그것이 다른 나라 사람들의 일이라 하여 무관심하거나 스쳐 지나가는 가십 거리 뉴스로 여기지 않는다. 마음속으로 추모하고 위로의 마음을 보낸다.

아직까지 본인 스스로나 가족들의 불행을 경험해보지 않은 사람이 있다면 나는 이런 분들이야말로 '1순위 불행 예비 당첨자'라고 말하고 싶다. 이 말은 그 사람들이 곧 불행을 당한다는 말이 아니라, 앞으로 불행을 경험할 가능성이 높으니 처신에 신중하고 마음가짐을 삼가라는 뜻이다.

불행의 경험이 없거나, 행복하고 평탄한 삶만 살아온 사람들은 대체로 자만심에 빠지거나 방심하기 쉽다. 일반적으로 사람들은 불행보다는 행복에 쉽게 관성이 붙게 마련이어서 행복할 때는 불행을 생각하려 하지 않는다. 심지어는 남의 불행에서 삶의 교훈을 얻으려 하지 않고, '멍청하니까 그런 일을 당하지.' 하는 식으로 극도로 오만한 생각을 하기도 한다. 앞으로 다가올 수 있는 불행에는 전혀 대비하지 않고, 폐위 직전까지 간신들과 향락을 즐기는 폭군처럼 행복이 앞으로 영원토록 지속될 것이라는 착각에 빠져 위험한 불꽃놀이를 불행 직전까지 즐긴다.

그러다가 '불행의 저승사자'가 갑자기 찾아온다. 조롱하며 보았던 뉴스 속의 타인의 모습이 자신의 모습이 된다. 남의 불행 앞에서는 그토록 둔감하고 심지어 '남의 불행은 나의 행복'이라고 은근히 남의 불행을 즐기기도 했던 사람이 정작 자신이 불행에 빠지자 '왜 나에게 이런 일이!'라는 탄식을 수없이 되뇌이며 끝없는 절망감에 빠진다.

불행은 생각해보지도 않았고 전혀 대비가 되어 있지 않았기에 인생은 급속도로 무너지고 만다. '부'와 '명예'가 아침 이슬과 같다는 것을 깨닫는 데 단 한 시간도 걸리지 않는다. 타인의 인생은 내 인생을 비춰보는 거울이다. '사람은 죽을 때까지 배운다.'라고 했다. '모든 타인의 인생은 내 스승이다.'라고 생각해야 한다. 우리는 성공한 인생에서도 배울 점이 있지만, 실패한 인생에서 더 많은 교훈을 얻을 수 있다는 것을 깨달아야 한다.

인생의 흐름은 자연의 변화와 아주 유사하다. 봄이 가면 여름이 오고, 가을이 지나면 겨울이 온다. 밤이 가면 아침이 오고, 낮이 지나면 밤이 찾아오는 것이다. 인생의 행복과 불행도 마찬가지다. 불행을 맞이해 '왜 나에게 이런 일이!'라며 탄식할 것이 아니라, 행복할 때 '남의 불행'에 관심을 갖고 타산지석으로 삼아야 할 것이다.

17

벼랑 끝에도 길은 있다

인생을 살면서 행복하고 좋은 일만 있다면 얼마나 좋을까? 누구나 인생에서 행복과 좋은 일을 바라지만 대다수의 인생에서 행복하고 좋은 날보다는 불행하고 안 좋은 날이 더 많다.

내가 교직을 그만두고 살아온 지난 17년은 그야말로 역경의 연속이었다. 자영업·임용고시 준비·중소기업 직원·학습지 교사·아파트 경비원 등 많은 직업을 거쳤다. 해당 직업의 특성상 나름대로 어려움과 고충이 있었지만, 많은 세월이 지난 지금에 와서 생각해 보면 그래도 가장 힘들었던 때는 아마 '실직' 기간이 아니었나 싶다. 지난 17년간 나는 약 세 번 정도 실직했었는데 당시의 고통은 이루 말할 수 없는 것이었다.

실직의 가장 큰 고통은 생계비 문제였다. 실직하여 마지막 월급을 받고 한 달 이내에 취업하지 못하면 재취업할 때까지 빚을 얻어 삶을 꾸려나가야 한다. 아침에 일어나 나갈 곳이 없다는 것은 2차적인 문제고 다달이 들어가는 생계비에 카드 대금 결제를 위하여 빚을 얻는 것은 피 말리는 고통을 강요한다.

내가 가장 어려웠던 시절엔 생계를 꾸리기 위하여 쓴 카드론이 무려 15개에 달했었다. 한 달에 아내가 벌어오는 돈은 200만 원 정도 되었는데, 한 달 지출은 500~550만 원 정도 되었다. 그야말로 빚을 얻어서 빚을 갚아야 하는 참혹한 사태가 1년 이상 지속되었다. 그래도 나는 그 참혹한 기간에도 카드빚을 연체해 본 일이 없다. 카드론은 대출받기는 쉽지만 연체가 되거나 상환을 못 하게 되면 얼마나 무서운 일이 벌어진다는 것을 누구보다 잘 알기에 다른 지출은 모두 줄이더라도 카드 결제금만은 절대 연체하지 않았다. 그러나 아무리 발버둥을 치더라도 가계부도 위기는 한 달이 멀다 하고 내 목을 옥죄어왔다.

아침에 일어나 나갈 곳이 없다는 것도 큰 고통이다. 실직을 해 출근할 곳은 없지만 아내가 맞벌이로 직장을 나가고 아이들은 등교하는데 허구한 날 가장이 집에서 머문다는 것은 이만저만한 고충이 아니었다. 결국 직장을 알아본다고 하고 아침을 먹고 8시쯤 집을 나선다.

실직의 경험이 없는 사람은 알지 못하겠지만, 실직자의 처지가 되면 이 세상에서 가장 부러운 사람은 아침에 출근하는 사람이다. 직장에 다닐 때는 아침 출근길이 무겁고 부담되었지만, 실직자의 입장이 되고 보면 단 하루라도 좋으니 출근하여 근무

해봤으면 좋겠다는 생각이 불현듯 일어난다.

그 시절 나는 강변역을 향하는 버스를 타고 동서울터미널에서 시간을 보내기도 했으며, 추억의 장소를 찾아 모교인 동국대와 연세대를 찾아가기도 했었다. 심지어 어떤 날은 카투사로 군 복무를 했던 동두천을 찾아가기도 했었다. 지금은 교통이 편해져 전철을 이용해 동두천까지 갈 수 있었는데 그곳에 내려 옛 추억을 더듬어 보니 '상전벽해'라는 말을 떠올릴 수 있을 만큼 모든 것이 변해 있었다. 하긴 30년이 넘는 세월이 흘렀으니.

사람들이 과거를 떠올리고 추억에 젖는 이유는 단 한 가지다. 그것은 바로 지금 현재의 형편이 과거보다 나쁘기 때문이다. 지금 현재의 상황이 과거보다 좋다면 사람들은 여간해서는 과거의 추억을 떠올리려고 하지 않는다. 비록 지금 현재는 괴롭고 고통스럽지만 과거에는 그렇지 않았기에 잠시나마 그때를 회상하며 추억의 상념에 잠겨보는 것이다. 실직의 기간이 길어지면 절망감의 강도는 더욱 높아진다. 마치 천 길 낭떠러지의 끝에 서 있다는 절박감이 수시로 든다. 나도 당시에는 이렇게 나와 내 가족의 인생이 모두 끝나버릴 것 같은 절망감에 하루하루를 보냈었다.

그러나 지금 와서 생각해보면 '벼랑 끝에도 길은 있다.'라는 생각이 든다. 벼랑 끝에 서 있을 당시에는 '돈이 전부'라는 생각이 들었지만, 오랜 세월이 지난 지금에 와서 생각해 보면 돈 문제는 어떻게든 해결이 된다. 결국 위기 상황에서 가장 중요한 것은 '자신에 대한 믿음', '가족 간의 사랑', 그리고 '건강 관리'가 아닌가 싶다.

18

눈앞의 태산도 지나고 나면 동산이다

나는 죽음의 세월 17년을 견디면서 수많은 삶의 고비를 넘어
왔다. 그 세월이 다 지난 지금에 와서 생각하면 당시의 고난과
역경은 다 동산이었지만 막상 그 당시에 그것들은 나에게 태산
보다 더 높은 험준한 준령이었다.

자영업을 운영하던 시기에는 자금 압박이 가장 큰 고통이었
다. 워낙에 여유 자금 없이 창업을 한 데다가, 창업한 지 1년도
되지 않아 동생 생계까지 책임을 져야 하는 형국이다 보니 한
달 한 달 가게를 운영하는 것이 살얼음판을 걷는 기분이었다.
지금 와 생각해보면 사업 수완이라도 좀 있었으면 수입을 늘려
대출받은 돈으로 버티는 기간이라도 늘릴 수 있으련만 그조차
도 여의치 않다 보니 집을 담보로 2천만 원을 대출받아 1년도
버티지 못하는 상황이 되고, 나중에는 6개월도 버티지 못하는

처지가 되어 결국 동생에게 가게를 맡기고 추가로 담보 대출을 받아 임용고시를 준비하는 상황으로 내몰리게 되었다.

배수진을 친다는 각오로 임용고시에 도전하긴 했으나 그 당시 내 나이는 이미 마흔다섯이었다. 1987년 대학교 4학년 때 우수한 성적으로 사립학교 교원 임용고시에 합격했을 때 당시 내 나이는 26세였다. 20년이라는 세월의 무게는 생각보다 무거운 것이었다. 두뇌와 체력 모두가 20대 때와는 비교가 되지 않았다. 암기력이 큰 비중을 차지하는 시험에서 암기 능력이 떨어진다는 것은 치명적인 약점이었다. 체력 또한 20대 때와는 비교가 되지 않았다.

2006년 12월, 나는 시험에 떨어졌다. 이미 세 자녀의 가장인 내가 모든 것을 걸고 도전했던 시험에서 낙방했다는 것은 처자식과 함께 생계의 벼랑 끝에 서게 되었다는 것을 의미했다. 눈물과 통곡으로 해결될 수 있는 문제가 아니었다. 자식의 생계가 끊어지는 것을 차마 지켜볼 수 없었던 부모님의 도움으로 'D전기'라는 중소기업에 취업했다.

D전기는 말이 중소기업이지 공장을 기반으로 한 소규모의 영세업체였다. 그곳의 사장은 북한의 김일성 같은 사람이었다. 공장에서는 70~80년대 구로공단을 연상케 하는 분위기에서 20~30여 명의 공원들이 일하고 있었다. 그곳에서 일한 지 한 달쯤 되었을까. 이 과장이라는 사람이 내게 이런 말을 건넸다. "오 부장님, 여기는 남자들이 3개월을 버티지 못하는 곳이에요." 나

는 처음에 그 말이 거짓말인 줄 알았다. 그러나 두 달이 지나자 나는 그 말이 거짓이 아니라는 것을 알게 되었다. 나는 그곳에서 만 2년을 버텼다.

그 이후 나는 학습지 교사를 거쳐 2016년 3월부터 아파트 경비원 생활을 시작했다. 아파트 경비원은 남자에게 있어서 막노동과 더불어 마지막에 선택하게 되는 밑바닥 직업이었지만 나에게는 선택의 여지가 없었다. 아침에 출근하면 빗자루와 쓰레받기를 들고 청소부터 해야 했다. 나는 당시 청소를 하면서 조선 시대의 노비를 생각했다. '영락없는 노비로구나. 대학원을 졸업한 사람이 조선 시대 천민이 하던 일을 하고 있구나!' 자괴감이 밀려왔지만 체면과 자존심이 밥 먹여주는 것은 아니었다.

음식물 쓰레기통을 청소하고 재활용 거치대의 각종 마대도 관리해야 했다. 중간중간에 노역도 이어졌다. 점심과 저녁 식사는 지하실에서 해결했다. 지하실에는 각종 폐기물로 휴게 공간을 마련해 놓았다. 주민이 버린 매트리스에 앉아 주민이 버린 밥상에 앉아 식사를 했다. 영락없이 노숙자나 부랑자가 거처하는 곳과 별반 다를 바가 없었다. 나는 그곳에서 1년 9개월을 버텼다. 더 근무하고 싶었지만 근무했던 아파트가 재건축이 확정되어 경비원들을 모두 해고하는 바람에 그만둘 수밖에 없었다.

17년이 지나 생각해보면 참으로 수많은 역경과 고통이 있었다. 한때는 너무 고통스러워 극단적인 선택을 하려고 한 적도 있었다. 지금에 와서 생각하면 한없이 부끄러운 일이다. 칼에 베인 상처는 처음에는 무척 아프고 고통스럽다. 피가 줄줄 흐르고 통증 또한 만만치 않다. 그러나 시간이 흐르면 피가 멎고 상처가 아문다. 인생의 상처도 마찬가지다. 당시엔 태산같이 느껴져도 오랜 세월이 흐르면 다 동산이었으니 말이다.

19

자기 자신과 대화하는 법

누구나 평소에 많은 친구를 곁에 두려 하고 좋은 일이나 궂은 일이 있을 때 그들과 함께하려고 한다. 사람이면 그것이 인지상 정이고 또한 '인간다움'일 것이다. 그러나 인생이 어찌 평탄하게 만 유지될 수 있으랴! 살다 보면 뜻하지 않게 힘든 길을 가야 할 때도 있는 법이다.

인생이 평탄하게 풀리면 대인 관계에 있어서 별다른 어려움을 느끼지 않는다. 친구들에게 연락하면 어렵지 않게 약속을 잡을 수 있고 만나면 대화도 부드럽게 이어진다. 자연스럽게 다음 만 남을 기약하고 헤어진다.

그러나 인생이 뒤틀려 친구는 제자리에 있는데 나만 낭떠러지 로 굴러떨어지는 경우가 있다. 그런데 어찌 된 일인지 평소에는 그렇게 통화가 잘 되던 친구가 전화를 받지 않는다. 조급한 마음에 다시 통화를 시도하지만 친구는 전화를 받지 않는다.

예외가 있기도 하지만 대부분의 사람들은 상황이 바뀌면 안면을 바꾸고 안면을 바꾸는 데는 그리 오랜 시간이 걸리지 않는다. 대부분의 친구 관계도 그와 내가 동등한 상태에 있거나 내가 친구를 도와줄 처지에 있으면 비교적 잘 유지될 수 있으나, 그 반대가 되어 내가 친구에게 도움을 받아야 하는 위치에 놓이게 되면 친구 관계는 생각보다 쉽게 멀어진다. 그것은 평상시엔 잘 모른다. 불행이 엄습하여 어려운 처지에 놓였을 때 비로소 깨닫게 되는 것이다.

처음에는 화가 나기도 한다. 내가 친구에게 그렇게 대하지 않았는데, 그럴 수가 있느냐며 혼자서 깡술을 퍼마시기도 한다. 그러나 술이 깨고 나면 머리만 아플 뿐 다 부질없는 짓이다.

고된 노동에 단련되면 손가락에도 굳은살이 생기듯 인생의 불행에도 견디다 보면 내공이 생긴다. 힘들고 고통스러울 때 곁에 친구가 있어 쓴 소주라도 한 잔 나눌 수 있으면 좋겠지만, 그것도 두 번 이상은 어렵다. 나는 좋지만 친구에게는 그 이상의 고역도 없기 때문이다. 이때 꼭 필요한 것이 바로 '자기 자신과 대화하는 법'이다.

슈퍼에 가서 소주 한 병과 참치 캔 하나를 사서 혼술 상을 차린다. 차가운 소주를 한 잔 가득 부어 원 샷으로 마신다. 그러고 나서 다시 잔을 가득 채운다. 그리고 이제 나의 분신을 소환해 맞은 편 자리에 앉힌다. 물론 나의 분신은 직접 술을 마시지는 않는다. 그러나 예전의 친구처럼 전화를 받지 않거나 배신하는 법은 없다. 필요할 때 한 번도 어김없이 소환에 응해서 기꺼이 술벗이 되어준다. 과거의 이야기를 들려주기도 하고 진심 어린 충고도 아끼지 않는다. 내가 아무리 싫은 소리를 하고 원망을 퍼부어도 아무 군소리 없이 끝까지 다 들어준다.

많은 사람들이 혼술하는 사람들을 사회성이 부족하거나 이상한 사람으로 보기도 한다. 그러나 전화해도 받지 않는 친구에게 구차하게 만남을 구걸하느니 당당하게 자기 자신을 불러내어 대화하는 것이 백번 낫다. 인생을 항해하다 만나는 불행은 짧은 기간에 마무리되는 것도 있지만, 그것이 아물기까지 제법 긴 시간이 필요한 것도 있다. 이 힘든 기간을 버티고 재기하려면 자신만의 비책이 필요한 것이다.

내가 잘 나갈 때는 오랜 기간 연락이 없던 친구도 갑자기 전화하여 만나자고 하지만, 그 반대가 되면 그런 친구에게 전화 올까봐 불편해하는 것이 사람의 마음이다. 그러나 겨울이 가면 봄이 오고 여름이 가면 가을이 오는 법이다. 불행의 한 가운데에 있을 때는 막막하여 끝이 안 보이는 것 같지만 터널의 끝은 반드시 있는 법이다.

힘든 상황에서는 무조건 버텨야 한다. 등을 돌리고 오지 않는 친구를 '우정'이라는 싸구려 이름으로 하염없이 기다리는 것처럼 어리석은 일도 없다. 이제 그런 친구 전화번호는 휴대폰 전화번호부에서 과감히 삭제하고 앞으로 어떤 고난과 고통이 찾아오더라도 변함없이 나의 진정한 벗이 되어줄 '자기 자신'과 대화하는 법을 익히자. 인생이라는 거친 항해에 누구보다 든든한 동반자가 되어줄 수 있을 것이다.

20

영화 <명량>을 열 번 보다

인생을 살다 보면 누구에게나 불행이 찾아온다. 그리고 불행의 강을 건너는 데는 수없이 많은 역경과 이루 형언할 수 없는 고통이 뒤따른다. 어떤 때는 걱정으로 밤을 지새우기도 하며, 고통이 극한에 이를 때는 세상과의 이별을 생각하기도 한다.

내가 영화 <명량>을 만난 것은 학습지 교사로 근무하던 2014년 주말이었다. 당시 최고의 흥행을 기록하던 영화라 가족과 함께 천호동의 어느 영화관에서 그 영화를 보았다.

<명량>은 나에게 '충격' 그 자체였다. 이순신 장군의 명량해전은 역사책을 통하여 알고는 있었으나, 마치 돋보기를 들이대듯 역사의 한 부분을 정밀하게 확대하여 영화적인 감동과 함께 보여주는 장면, 그 장면에서 큰 감동을 받았다. 내 생애에서 보았던 영화 중 가장 감동적인 영화였으며 최고의 영화였다고 생

각한다. 특히 당시 경제적인 어려움으로 한 달 한 달을 힘겹게 버텨내고 있었던 나에게 영화 〈명량〉은 어둠 속의 한 줄기 빛이었으며 사막의 오아시스 같은 존재였다.

왜적이 재침공한 정유재란 당시 원균이 이끌었던 조선 수군은 왜적에게 대패하여 전선 대부분을 잃고 수군의 존립이 위태로운 상태에까지 이르고 말았다. 당시 이순신 장군은 왜적의 부산항 본영을 공격하라는 어명을 따르지 않았다 하여 삼도수군통제사에서 파직되고, 죄인의 신분으로 도성으로 압송되어 모진 고문으로 거의 산송장의 상태로 풀려나 백의종군하고 있던 처지였다.

조선 수군의 대참패로 다급해진 조정은 이순신을 다시 삼도수군통제사로 제수하여 왜적을 막게 했으나 당시 원균이 왜적에게 대패한 후 남아 있는 전선은 고작 8척에 불과했다. 맞서 싸워야 할 왜적의 전선은 3백 척이 넘었다. 보통의 상식을 가진 사람이라면 이 전투의 결과는 불을 보듯 뻔한 것이라고 생각했을 것이었다. 그래서 당시 조선 수군의 장수들은 한결같이 이구동성으로 왜적과의 전투는 불가능하다고 말하였다.

그러나 통제사 이순신의 생각은 달랐다. 장군의 선조 임금에게 장계를 올려 '아직 소신에게 여덟 척의 배가 있사오니 목숨을 걸고 왜적과 맞서 싸우겠나이다.'라고 결의를 밝혔다. 영화에서는 무모한 전투를 수행하려는 통제사를 일부 장수들이 수하들을 동원하여 시해하려는 장면도 보인다. 단 한 척뿐이었던 구선

〈거북선〉이 불타는 장면도 나온다.

이제 남은 것은 판옥선 여덟 척뿐. 그러나 장군은 절대 포기하지 않는다. 부하 장수들이 연명으로 전투가 불가함을 외치자 그들과 병졸들을 모두 포구에 집결시키고 그들이 돌아갈 집들을 모두 불태우고 '必生卽死 必死卽生'(필생즉사 필사즉생)의 결의를 다지는 대목에서는 영화를 보는 내 눈에도 눈물이 흘러 볼을 타고 흘러내렸다. 결국 장군은 명량의 빠른 조류를 전투에 최대한 활용하여 8척의 배로 3백 척이 넘는 왜적을 섬멸함으로써 기울어 가던 조선을 구하고 세계 해전사에도 전무후무한 기록을 남기게 되었다.

나는 영화 〈명량〉을 보고 난 후 '이 영화야말로 나에게 최고의 스승이 되겠구나!'라고 판단하여 영화 파일을 유료로 구입하여 두었다. 2014년과 2015년은 내가 죽음의 세월 17년을 건너오는 동안 가장 힘들었던 해라고 해도 과언이 아니었다. 나는 그 2년 동안 영화 〈명량〉을 열 번 보았다. 가장 고통스럽고 절망적이었을 때 이 영화를 보았으니 그 당시 나의 상황이 얼마나 견디기 힘들었던지 지금 생각해도 눈시울이 붉어진다. 나는 영화 〈명량〉을 통하여 '뜻이 있다면 불가능은 없다'라는 굳은 의지를 배웠으며, '죽기 전에는 절대 포기하지 않는다'라는 인생의 좌우명을 얻게 되었다.

살다 보면 감당하기 힘든 고통과 절망은 반드시 찾아온다. 그리고 아이러니하게도 상황이 어려울수록 주변에 친구가 없으며 모든 짐을 혼자 짊어지고 걸어가야 한다. 불빛 한 점 없는 칠흑같이 캄캄한 길을 등이 휠 듯한 천근만근의 짐을 지고 걸어가야 한다. 이때 이 고통과 절망을 이겨내는 길은 단 한 가지밖에 없다.

'必生卽死 必死卽生'

21

실직의 고통을 이겨내는 법

인생을 살다 보면 여러 가지 역경이 따라온다. 건강상의 역경이 그중 가장 크다고 할 수 있으나, 직장을 잃는 것도 상당한 고통을 수반하는 인생의 고비라고 할 수 있다. 나는 죽음의 세월 17년을 견디면서 두 번의 실직의 고통이 있었다. 그중 첫 번째는 2008년 금융 위기로 인하여 2009년 2월 다니던 중소기업에서 실직한 일이었다.

그날 나는 직장에 다니던 아내에게 전화를 걸어 회사를 그만둔 사실을 알렸고 우리는 그날 저녁 감자탕 집에서 만났다. 아내는 나를 보자 우선 자초지종을 캐물었고 이내 위로의 말을 건넸다. 지금 생각하면 당시 아내의 마음이 얼마나 무거웠겠는가마는 내 여자 친구는 말없이 내 술잔에 소주를 가득 채워주었다. 그리고 "그동안 수고 많이 했어. 아무 생각하지 말고 한두 달 푹 쉬어." 하며 위로의 말을 건넸다.

실직이란 엄청난 스트레스에 소주 한 잔이 목 줄기를 타고 넘어가자 마치 휘발유에 기름을 부은 듯이 원 샷으로 두 잔을 더마셨다. 아내는 천천히 마시라며 네 번째 잔에 술을 부어주었다. 〈실미도〉 같은 직장에서 2년간이나 고생했던 쓰라린 기억과 형체를 알 수 없는 묘한 불안감이 교묘하게 맞물렸다. 갑자기 가슴 한구석에서 뜨거운 무언가가 화산처럼 솟구쳐 오르는 것을 느꼈다.

실직의 고통은 실직한 당일에는 크게 실감하지 못한다. 그저엄청난 스트레스에 급하게 술을 먹어 술 취한 기억뿐, 이제 본격적인 고통은 다음날부터 시작된다. 실직의 현실을 뼈저리게느끼게 되는 것은 실직한 바로 다음 날 아침에 일어나 출근할곳이 없다는 것이다. 전날 과음으로 몸은 피곤했지만 행여나 아이들이 아빠의 실직을 눈치챌까 봐 예전처럼 일어나 해장라면으로 아침을 때우고 도서관으로 향했다. '어제 아침엔 회사로 출근했었는데.'라는 상념이 머릿속을 맴돌았지만 발길은 회사가 아니라 도서관으로 향했다. 그로부터 약 1년간의 고통스러운 실직생활이 지속되었다.

두 번째 실직은 2015년 11월에 있었다. 다니던 학습지 회사를그만두고 이직을 시도했는데, 일이 틀어져서 그만 새 직장을 얻지 못하고 실직을 하게 되었다. 당시에는 우리 가정의 경제 상황이 매우 좋지 않아 한 달 공백이라도 생기면 부담이 되는 상황이었다. 나는 백방으로 일자리를 알아보았으나, 특별한 경력 없는 54세의 중년 남자가 갈 수 있는 일자리는 거의 없었다.

한두 군데 면접은 보았으나 최종 결과는 탈락이었다. 생활비는 바닥이 드러나 카드론이 빈 곳을 채워갔다. 다시 술이 늘고 삶의 고통은 점점 더 심화되어 갔다. 나는 그때 인생의 고통은 시간이 지나면 좌절로 이어지고 그다음은 절망으로 이어진다는 것을 알았다. 시간이 흘러 좌절이 절망으로 이어질 무렵, 나는 갑자기 과거에 좋았던 시절의 기억을 더듬어 추억의 장소를 찾고 싶은 강한 충동을 느꼈다. 그 여정은 3일 정도 이어졌다.

첫날은 내가 카투사로 군 복무를 했던 동두천을 찾았다. 32년 만에 찾은 그곳은 많이 변해 있었다. 이곳에 위치한 미 제2사단이 평택으로 이전한다는 얘기는 들었지만 이전을 앞둔 군부대와 주변 상권의 분위기는 우울해 보였다.

이틀째 되는 날은 모교인 동국대와 연세대를 찾았다. 특히 교육대학원을 다녔던 연세대의 교정은 이곳을 찾을 때마다 새로웠다. 비록 교사로 재직하며 다녔던 야간 대학원이었지만 나에게 명문대의 한을 풀어주었던 그곳, 아마도 그 당시가 내 인생의 최고의 전성기가 아니었나 싶다.

두 번의 실직 기간을 경험하며 내가 깨달은 것이 하나 있다면 '실직 기간을 잘 견디면 재취업의 좋은 시간이 반드시 온다.'라는 것이다. 물론 실직 기간에는 빛이 없는 터널을 걷는 것처럼 고통이 지속되고 절망의 시간이 이어진다. 그러나 이 세상에 영원한 것은 없다. 고통과 절망을 견디고 희망을 잃지 않고 노력하다 보면 거짓말처럼 재취업의 기쁨이 찾아온다. 현재 실직하여 고통의 시간을 보내고 있는 분들에게 꼭 건네고 싶은 말이다.

22

가족이 남보다 소중한 이유

"가족이 남보다 소중하다."라고 말하면 웃을 사람들이 있을지도 모른다. "너무도 당연한 얘기가 아닌가?"라고 말이다. 그러나 우리는 가족의 소중함을 간과하며 살 때가 많다. 마치 우리가 평소에 물과 공기의 소중함을 느끼지 못하고 지내듯이 말이다.

누군가 내게 "지난 죽음의 세월 17년을 버텨 온 원동력이 무엇이었느냐?"라고 묻는다면 나는 '가족'이라고 자신 있게 말할 수 있다. 만약 내게 '가족'이 없었다면 나는 오래전에 '저세상 사람'이 되어 있었을 것이다. 친구 한 명 없는 가혹한 현실에서 '가족'은 나에게 유일한 버팀목이었으며 정신적 지주였다고 말할 수 있다.

아내는 내가 가장 힘들 때 변함없는 친구가 되어주었다. 사람이 살면서 친구는 반드시 필요하다. 흔히 '어려울 때 친구가 참된 친구'라고 말한다. 맞는 말이다. 참된 친구는 밤하늘의 별이 캄캄한 밤에 더욱 빛나듯이 내가 어려울 때일수록 그 진가를 발휘하게 된다. 그러나 친구란 태생적으로 '남으로 맺어진 관계'라는 어쩔 수 없는 한계를 가지고 있다. '긴 병에 효자 없다.'라는 말도 있듯이 아무리 친한 친구라도 무한정 도와줄 수는 없으며, 어려운 상황이 길어지면 어쩔 수 없이 등을 돌리게 되는 것이 인지상정이다.

그러나 아내는 달랐다. 그녀는 내가 가장 비참하고 참혹하게 되었을 때 변함없이 내 곁을 지켰다. 내가 정말 현실이 힘들어 견디기 어려웠을 때 나는 아내에게 모진 말도 많이 했었다. 아내는 아무 잘못도 없으면서 그 모진 말들을 다 받아주었다. 아마 보이지 않는 곳에서 수없이 많이 울었으리라. 힘들고 고통스러웠던 시절, 나는 마음이 강퍅해져서 나 자신의 어려움만 생각했을 뿐, 주변 가족의 고통을 헤아리지 못했다. 지금 생각하면 아내에게 정말 미안하고 속죄라도 하고 싶은 심정이다.

부모님은 내가 가장 어려웠을 때 든든한 바람막이가 되어 주셨다. 자식의 잘못된 선택으로 마음에 큰 상처를 받으셨을 텐데도 자식 앞에서는 내색하지 않으셨다. 언제나 위로와 격려의 말을 하시며 용기를 북돋워 주는 말씀을 끊임없이 하셨다.

선천적으로 희생정신이 강한 어머니는 자식이 어려움에 빠지자 특유의 모성애로 자식을 살리고자 애쓰셨다. 매일같이 새벽에 일어나 큰아들의 건강과 성공을 기원하셨다. 아무리 정신적으로 고통스럽고 힘들어도 자식 앞에서는 내색하지 않으시며 변함없는 신뢰를 보여주셨다.

아버지는 나에게 든든히 의지할 수 있는 큰 산과 같은 존재가 되어주셨다. 2015년 7월, 힘겹게 버텨오던 가정 경제가 부도 위기를 맞게 되어 죄인의 심정으로 아버지를 찾아갔었는데, 아버지는 통곡하며 우는 아들을 위로하시며 "아무 걱정하지 마라."라며 얼마 되지 않는 노후 자금을 헐어 천만 원이 넘는 거금을 선뜻 내놓으셨다. 그때 아버지가 안 계셨다면 우리 가정은 부도를 맞았을 것이고 온 가족이 극단적인 상황으로 내몰렸을 것이다.

아이들도 가장인 나에게 큰 힘이 되어주었다. 어렵게 대학을 다니던 큰딸은 장학금을 받고 알바를 몇 개씩 하며 자신의 용돈을 해결했고, 작은딸은 특성화고교를 다니면서 3년간 수업료 한 푼 내지 않고 고등학교를 졸업한 후, 대학 진학도 하지 않고 바로 취업하여 내가 절망과 고통의 강을 건너는 데 큰 힘이 되어주었다. 막내딸은 어려울 때마다 대화 상대가 되어주며 내가 용기를 잃지 않도록 격려를 아끼지 않았다.

가족은 평상시에는 물과 공기처럼 그 소중함을 모른다. 그러나 가족 중 어느 하나가 어려운 상황에 빠지면 이해타산을 따지지 않고 구하려고 애쓴다. 그리고 그러한 노력에 한계가 없다. 대부분의 친구 관계는 서로 대등한 관계이거나 주고받는 관계일 때 정상적으로 유지된다. 그러나 가족은 가족 중 하나가 절망적인 상황에 빠질수록 가족 간의 사랑과 신뢰는 더욱 단단해지며 불행에 빠진 가족을 구하기 위해 눈물겨운 노력을 아끼지 않는다. 이것이 바로 '가족이 남보다 소중한 이유'인 것이다.

23

극단적인 선택을 해서는 안 되는 이유

인생을 살다 보면 때로 절망적인 상황에 놓이게 된다. 절망적인 상황도 그 정도에 따라 스스로 감당이 되는 것이 있는가 하면, 자신이 감당하기에는 벽이 너무 높아 도저히 극복할 수 없을 것 같은 지경에 이르기도 한다. 이런 상태가 되면 '자살'을 생각하게 되는 것이다.

컴퓨터 수리점을 창업한 지 2년쯤 지났을 때의 일로 기억한다. 당시에는 컴퓨터 수리점 운영에 나와 동생이 생계를 공유하고 있는 형편이었다. 컴퓨터 수리업이라는 것이 영세 업종이어서 그 수입으로 두 가정의 생계를 영위하기에는 만만치 않은 형국이었다. 아무리 영업이 부진하여 수입이 적더라도 동생에게 최소한의 급여는 주어야 했다. 나 또한 아이가 셋인 가정의 가장이라, 생계를 유지하기 위해 최소한의 생계비는 필요한 상태였다.

결국 부족한 수입은 주택담보대출로 메꾸어 갈 수밖에 없었다.

담보대출이라는 것도 결국은 빚이었다. 특히 주택담보대출이라는 것은 빚을 갚지 못하면 집이 압류되어 경매로 처분되는 무서운 것이었다. 이미 동생이 나에게 의탁하여 생계를 공유하고 있는 상태에서 다른 선택은 있을 수 없었다. 급기야 2천만 원을 대출받아 5개월을 버티지 못하는 극단적인 상황으로 내몰리게 되었다.

그런 상태로 버티는 것은 한계가 있는 것이었다. 결국은 잘못하면 집을 팔아야 하는 구조였던 것이다. 그러나 그렇다고 나나 동생이나 이미 나이가 있는 상태에서 당장 취업도 어려운 상황이었다.

그런 암울한 상황이 나날이 이어지던 어느 날 퇴근길에 나는 무엇에 홀린 듯이 집으로 가지 않고 서울로 향하는 버스에 올라탔다. 당시에는 '이제 그만 살아야겠다.'라고 마음을 굳힌 상태였다. 장소는 천호대교였고 광나루역으로 향했다.

자살을 결심하고 버스에 오르니 유령버스를 탄 심정이었다. '이제 한 시간 이내에 나는 저세상 사람이 되겠구나. 내가 사라져도 사람들은 일상을 유지하겠지.' 생을 정리해야겠다고 결심하자 오히려 정신은 맑고 편안해졌다. 갑자기 교수형을 집행하는 사형장으로 향하는 내 모습이 떠올랐다. 형장으로 가는 길에 유리창을 타고 넘어오는 햇살은 찬란한데 사형수의 얼굴은 핏기 하나 없이 창백했다. 한 걸음 한 걸음 걸을 때마다 가족들의 얼굴이 한 사람씩 지나갔다. '아버지 죄송합니다. 어머니 용

서하세요. 여보 미안해. 사랑하는 아이들아 정말 미안하다.'

이윽고 버스는 광나루역에 나를 내려놓고 떠났다. 지하도로 내려와 천호대교로 가는 출입구를 찾았다. 1번 출입구로 기억한다. 다시금 교수형을 집행하는 사형장으로 향하는 내 모습이 연상되었다. 이제 얼마나 남았을까. 5분! 10분! 얼굴에 핏기는 사라졌고 두 다리는 결심을 실행에 옮기기 위해 사형대로 향하고 있었다.

지금 기억으로는 지하철역 밖으로 나가 10분 정도 걸어서 천호대교로 향했던 것으로 기억한다. 천호대교 앞에 다 왔다고 생각하는 순간 무언가 돌로 만든 듯한 거대한 물체가 내 앞을 가로막았다. '출입금지' 석재 바리케이드였다. 당시 나는 그 바리케이드를 부여잡고 얼마나 통곡했는지 모른다. 주체할 수 없는 수많은 눈물방울이 양 볼을 타고 흘러내렸다. 이것이 내가 교직을 그만둔 후 극단적인 선택을 시도했던 처음이자 마지막이었다. 그리고 나는 그때의 일을 두고두고 후회하고 있다.

인생을 살다 보면 삶이 너무 힘들어 극단적인 선택을 하려는 생각을 할 수는 있다. 그러나 그것을 절대 행동으로 옮겨서는 안 된다. 극단적인 선택을 하면 자신의 삶만 끝나는 것이 아니라 남은 가족들에게는 그들이 죽을 때까지 엄청난 고통을 남겨주는 것이 된다. 아무리 죽을 만큼 힘들더라도 참고 이겨내야 한다. 그렇게 한고비를 넘으면 거짓말처럼 반드시 기적이 찾아온다. 이것이 바로 극단적인 선택을 해서는 안 되는 이유다.

24

한겨울 얼음 밥에 떨어진 눈물

중소기업에서 2년간을 근무한 후 2008년 금융위기로 인하여 2009년 퇴사하여 1년간 실직 기간을 보냈던 나는 2010년 3월 학습지 회사인 J교육에 입사하여 학습지 교사로 새로운 인생을 시작하게 되었다. 내가 과거에 고등학교 교사생활을 하긴 했으나, 고등학교 교사와 학습지 교사는 판이하게 다른 것이었다. 학습지 교사는 공교육이 아닌 사교육 분야였고 업무 자체가 공교육 교사와는 완전히 달랐다. 주된 관리 대상은 초등학생이었으며 아이들이 학교 수업을 마친 후에 학습 관리가 이루어지기 때문에 본격적인 일과는 오후에 시작하여 야간에 마치는 근무 구조였다.

학습지 교사로서 면접을 보기 위해 사무실을 방문했던 기억이 지금도 눈에 선하다. 당시 사무실은 천호동에 있었는데 5호선 굽은다리역에서 도보로 5분 거리로 교통은 편리한 곳에 위치하고 있었다. 사무실 문을 열고 들어선 나는 생각보다 많은 교사 수에 약간 놀랐다. 관리 교사 수는 약 30명쯤 되어 보였다. 그리고 예상은 했지만 그들 중 약 80%는 여성이었다. 나는 지소장과 면접을 본 후 먼저 본사에서 실시하는 소정의 교육을 이수해야 한다는 안내를 받았다. 당시 교육장은 잠실 인근에 있었는데 나는 이곳에서 약 일주일간의 신입교사 교육을 받고 교육 수료 후 지소로 출근하게 되었다.

본사에서 실시한 교육이 주로 강의와 이론 중심의 교육이었다면 지소에서 실시하는 교육은 실전 위주의 교육이었다. 그도 그럴 것이 학습지 교사는 현장에 나가면 누구의 도움도 없이 혼자서 회원 학습관리를 해야 하기 때문에 지소에서의 교육은 현장에서 회원의 학습관리를 능숙하게 할 수 있는 능력을 배양하는 데 맞추어 있었던 것이다. 그리고 만약 관리 교사가 현장에 나가서 회원들의 학습관리를 제대로 하지 못하면 학모로부터 불만 전화가 오게 되고 지소장은 관리 교사 교육을 제대로 하지 못한 데 대한 책임을 져야 하기 때문에 정식 관리 교사로 내보내기 전에 지소에서는 충분한 교육을 시키지 않을 수 없었다.

지소에서의 교육을 마친 후 처음에는 선배 교사를 따라다니며 수업 참관교육이 이어졌다. 약 3일 정도 참관 교육이 있었던 것으로 기억하는데, 능수능란하게 학습 관리에 임하는 선배 교사들을 보며 부러움과 동시에 '나도 저렇게 할 수 있을까!' 하는 불안감을 떨쳐버릴 수 없었다. 참관 교육이 끝난 후 비로소 독립하여 교실을 받고 회원 학습관리를 나가게 되었다. 그날의 기억은 지금은 아득하여 잘 생각나지 않는다. 다만 정신없이 무척 바쁘게 하루 일과를 마쳤던 기억이 남아 있다.

그렇게 봄·여름·가을이 지나고 겨울이 시작되는 12월이 되었다. 이제는 6개월 이상 경력이 쌓여 회원들 학습관리는 어느 정도 능숙하게 하는 단계에 이르게 되었다. 겨울 날씨치고도 몹시 추웠던 12월 하순의 어느 날이었다. 아마 지금 생각에 그날의 기온이 영하 10도쯤 되었던 것으로 기억한다. 당시에 나는 도시락을 두 개 싸가지고 다니며 하나는 지소에서 점심시간에 먹고 나머지 하나는 자동차에서 저녁에 먹었다. 겨울이라 보온 물병에 온수를 담아 휴대했던 것으로 기억한다.

오후 6시쯤 되었을까? 관리 시간이 30분쯤 비어 그 시간에 저녁 식사를 해결해야 했다. 당시 나는 형편이 어려워 한겨울임에도 자동차 안에서 관리 시간을 기다릴 때도 난방을 하지 않았다.

식사를 하려고 아내가 싸 준 도시락 뚜껑을 여니 밥에서 한기가 느껴졌다. 바깥 기온이 영하 10도인데 난방을 하지 않으니 밥이 얼어버린 것이었다. 젓가락을 눌러 넣었는데 밥 덩이가 분리가 되지 않았다. 식사를 하지 않고는 관리를 할 수 없었기에 나는 억지로 얼음 밥을 부수어 입에 넣을 수밖에 없었다. 입안에선 마치 빙수를 먹듯이 우걱거리는 소리가 났다. 그렇게 서너 숟갈을 입에 넣었을까. 도시락 위로 눈물 서너 방울이 뚝뚝 떨

어졌다. 그날 유일하게 온기가 있었던 것은 이미 미지근해져 버
린 보온 물병의 온수뿐이었다. 바깥에는 눈보라가 세차게 휘날
리고 있었다.

25

현실이 너무 힘들어
견디기 어렵다고 생각할 때는

사람이 견딜 수 있는 인내심의 한계는 어디까지일까? 나는 지난 17년간 죽음의 세월을 견뎌오면서 수없이 앞의 질문에 답하는 거센 도전에 직면해왔다. 17년이 지난 지금 생각해보면 당시에는 태산처럼 내 앞을 가로막았던 것들이 지나고 나서 보면 다 동산이었지만, 막상 매 순간 부딪쳤던 현실은 매우 견디기 어려운 것이었음을 부인할 수 없다.

교직을 그만둔 후 먹고살기 위해서 선택한 것은 컴퓨터 수리점 창업이었다. 지금 생각해 보면 무리였고 무모한 선택이었지만 당장 가족의 생계를 책임져야 하는 상황에서 다른 선택은 없었다. 퇴직금 5천만 원을 손에 쥔 상태에서 컴퓨터 수리점(컴닥터 119) 가맹비로 5백만 원을 지출했고, 중고차 구입비로 5백만 원을 지출했다. 그리고 점포를 얻는 데 보증금 1천만 원이 필요했다. 간판을 제작하고 가게에 들여놓을 집기와 비품을 구입하는 데 3백만 원 정도가 들었다. 이제 남은 돈은 약 2천 7백만 원. 월 지출액을 2백만 원으로 가정했을 때 1년 정도 버틸 수 있는 금액이었다.

점포 운영은 생각보다 쉽지 않았다. 자영업 경험이 전혀 없는 데다 차 운전도 초보인 상태라 초창기에는 벌이가 턱없이 부족했다. 2002년 5월 9일에 창업했는데 한 달이 지나 수입을 계산해 보니 100만 원 남짓 되었다.

가족이 먹고살기 위해서는 한 달에 2백만 원은 필요했는데 첫 달부터 백만 원 적자로 출발하게 되었다. 가장인 나로서는 누군가에게 한 대 맞은 듯이 몸이 휘청거렸으며 정글과 같은 자영업의 생태계를 뼈저리게 절감해야 했다. 이때부터 나는 한 달 벌어 적자 안 나고 한 달을 산다는 것이 지극히 어렵다는 것을 깨닫고 부족한 수입을 메우기 위하여 두 발로 뛰어야 했다.

그렇게 힘들게 한 달 한 달 점포를 운영해 가는데 이듬해 2월경, 은행을 퇴직하고 아버지가 운영하시는 부동산 중개업소에서 일하던 남동생이 나를 찾아왔다. 아버지 말씀이 "지금 일이 별로 없으니 형한테 가서 일도 도와주고 컴퓨터 가게 일도 배워봐라."라며 보내서 왔다는 것이었다. 나는 직감적으로 아버지께서 동생을 데리고 있는 것이 경제적으로 부담되어 나에게 보냈음을 알았다.

이때부터 3년간 나에게는 견디기 힘든 시련과 고통의 날들이 계속 이어졌다. 그나마 나라도 어느 정도 기반을 잡아먹고 사는데 지장이 없었다면 동생과 함께 가게 운영을 하는 것이 큰 부담이 되지 않았으나, 창업한 지 1년도 안 되어 혼자 벌어도 적자가 나는 상황에서 동생의 생계를 책임져야 한다는 부담은 나에게 엄청난 고통으로 다가왔다.

그러나 나는 아무리 힘들어도 동생을 내보낼 수 없었다. 경제적인 상황으로 보자면 단돈 백만 원이라도 월급을 주며 데리고 있기 어려웠으나 동생의 사정을 누구보다 잘 아는 나의 입장에서 그렇게 할 수는 없었다. 수입 구조가 뻔한 영세 자영업의 구조상 수입은 적고 지출이 늘어나니 적자가 늘고 빚이 쌓일 수밖에 없었다. 결국 가지고 있던 퇴직금은 모두 바닥나고 주택담보대출을 받아 연명할 수밖에 없는 구조가 되었다.

나중에는 한계 상황에 이르게 되자 점포 운영을 동생에게 맡기고 나는 집을 팔아 전세로 옮기고 임용고시에 도전했으나 그마저도 1년 후 실패로 끝나고 먹고살기 위해서 중소기업 직원-학습지 교사-아파트 경비원을 전전해왔다.

지금까지 버텨오는 동안 나는 수없이 많은 죽음의 산과 강을 넘고 건너왔다. 때로는 절망과 좌절로 불면의 밤을 보내고, 한때는 어리석게도 극단적인 선택을 하려고도 했었다. 그 일은 미수에 그쳤지만 두고두고 후회되는 일이다.

힘들고 고통스러운 시간은 당시에는 견디기 힘들다. 희망은 보이지 않고 절망만 확대된다. 그러나 모든 것은 시간이 해결해

준다. 세월이 흐르면 아무리 두꺼운 얼음장도 따뜻한 봄바람에 한 겹 한 겹 눈 녹듯이 녹는다. 그것이 인생임을 잊지 말라.

26

내가 어려워 봐야 주변이 정확하게 보인다

우리는 살면서 자신이 처한 상황을 얼마나 정확하게 볼 수 있을까? 유감스럽게도 우리는 자신이 잘나가고 있을 때는 주변을 정확하게 보지 못한다. 이것은 마치 낮에는 달과 별을 보기 어렵지만, 밤이 되면 그것들을 뚜렷이 볼 수 있는 것과 같다. 자신이 어려운 상황에 처해 봐야 주변이 정확하게 보이는 것이다.

교사로 근무했을 때 나는 평탄한 삶을 살았었다. 월급이 넉넉한 것은 아니지만 먹고 사는 데는 지장이 없었고 무엇보다 '안정성'에 있어서는 최고의 직업이었다. 여름과 겨울에는 한 달씩의 방학도 누릴 수 있었다. 그때는 그것이 당연한 것이라고 생각했었다.

그러나 교직을 그만두자 모든 것은 한순간에 바뀌었다. 먼저 친구 관계가 서서히 단절되어 갔다. 교직에 있을 때는 정상적으로 유지되었던 친구 관계가 거짓말처럼 극히 짧은 기간에 단절되었다. 처한 상황이 상황인지라 당장 먹고 사는 일이 다급하여 내가 친구들에게 연락할 상황은 못 되었지만 오랜 기간 동안 친구들로부터 전화 한 통 걸려오지 않았다. 결국 친구 관계란 내가 그들과 대등한 입장이었을 때 유지될 수 있는 것이지 균형이 무너지면 그것은 한순간에 물거품처럼 사라지는 것이었다.

그리고 내가 예전에 당연하다고 생각했던 것들이 사실은 당연한 것이 아니었음을 깨닫게 되었다. 교직에 있을 때는 일 년에 두 번, 각 한 달씩 여름방학과 겨울방학을 보냈었다. 그러나 그것은 교사라는 직업을 가진 사람만이 누리는 엄청난 특권이었다. 교직을 그만두자 방학은 고사하고 일요일조차 마음 편히 쉬기 어렵다는 것을 예전에는 미처 몰랐던 것이다.

세상에서 가장 소중한 것은 '가족'이라는 것도 교직을 그만둔 후 절실히 깨달은 것이었다. 가족은 누구나 소중하다고 생각하지만 잘나갈 때는 그 소중함을 깊이 느끼지 못한다. 내가 벼랑에서 굴러떨어지자 가족들은 나를 살리기 위해 백방으로 동분서주하였다. 내가 아무리 심한 말을 하고 마음에 상처를 주어도 가족은 인내하며 다 받아주었다. 나는 내가 현재 살아있고 그 가혹한 어려움을 버텨온 원천의 90%는 가족 덕분이었다고 생각한다.

'돈'의 위력도 교직을 그만둔 후 절실히 느낀 것이었다. 돈은 더럽고도 무서운 것이다. 돈이 없으면 생계를 이어나갈 수 없으며 상황이 심각하면 돈 때문에 극단적인 상황에 내몰리기도 한다. 나는 한때 돈 때문에 극단적인 선택을 하려고 한 적도 있었고 아버지 앞에서 통곡을 한 적도 있었다. 돈 때문에 몸도 돌보지 않고 투잡을 뛰며 무리하게 일한 적도 있었다. 그러나 나는 돈 문제는 힘들기는 해도 어떻게든 해결할 방도가 있다고 생각한다. 교직을 그만둔 후 내가 가장 중요하게 생각한 두 가지가 있다면 그것은 바로 '가족'과 '건강'이다. 특히 건강의 중요성은 백 번을 강조해도 지나치지 않다.

누군가가 나에게 "죽음의 세월 17년을 견뎌오면서 가장 힘들었던 일 두 가지를 말해 달라."라고 한다면 나는 주저 없이 다음 두 가지를 얘기할 것이다. "하나는 막내딸 혜경이가 당뇨 관리가 안 되어 경희대병원 응급실에 실려 갔었을 때이고, 다른 하나는 나의 사랑하는 아내가 위암 선고를 받았을 때이다."라고.

나는 부와 명예는 인생을 살면서 크게 중요하지 않다고 생각한다. 왜냐하면 그것은 있다가도 없고 없다가도 때가 되면 얻을 수 있는 것이기 때문이다. 그러나 '건강'은 그렇지 않다. 건강은 한 번 잃으면 돌이키지 못할 수 있으며 인생 전체를 앗아갈 만큼 무서운 것이기 때문이다.

그래서 나는 '먹는 데 쓰는 돈'과 '조기 검진 비용' 그리고 '병원비'는 아끼지 않는다. 이런 것들은 건강과 직결되는 것이기 때문이다. 보통 사람들은 건강할 때는 건강에 별 신경을 쓰지 않는다. 그러나 건강은 건강할 때 지켜야 하는 것이다. '부를 잃는 것은 조금 잃는 것이요. 명예를 잃는 것은 많이 잃는 것이며, 건강을 잃는 것은 모든 것을 잃는 것이다.'라는 말은 인생을 살면서 두고두고 되새겨야 할 명언 중의 명언인 것이다.

27

여보 미안해! 그리고 사랑해!

세상을 살아가는 데 친구는 반드시 필요하다. 친구는 기쁨을 함께하고 슬픔도 함께할 수 있는 소중한 존재이기 때문이다. 그러나 나는 죽음의 세월 17년을 보내면서 친구를 모두 잃었다. 내가 교사로서 근무하고 있었을 때는 나도 남들과 다름없이 정상적인 교우 관계를 유지하고 있었다. 고등학교 동창 친구들도 있었으며, 대학 동창 친구들도 있었다. 그러나 나에게 정상적인 삶이 사라지자 그들도 그것과 함께 사라지고 말았다. 그 어느 때보다 친구가 필요할 때 내 곁에는 단 한 명의 친구도 남아 있지 않았다.

그때 나의 유일한 친구가 되어 주었던 사람이 바로 나의 아내다. 내가 교직에 있을 때 아내는 교사인 나를 내조하는 평범한 가정주부였다. 그러나 내가 불행에 빠지고 죽음의 세월에 진입하자 아내는 내가 교사로 재직할 때는 보지 못했던 놀라운 모습을 보여 주었다.

내가 실직하여 생활 능력을 상실하자 아내는 음식점에 취업하여 험한 생활 전선에 뛰어들었다. 평소에 말이 별로 없던 그녀는 남편에 대한 원망은 감추어둔 채 오로지 가족을 살리기 위하여 이를 악물고 가혹한 생활 전선에서 버텼다. 그리고 내가 힘들 때마다 곁에서 가장 친한 여자 친구가 되어주었다.

나는 그런 아내에게 모진 말도 많이 했다. 당시에는 워낙 살기가 팍팍했고 어려웠던 때라 삶의 스트레스도 많이 받을 때였다. 나는 삶이 힘들고 고통스러울 때 그것을 아내를 향하여 내던진 적도 여러 번 있었다. 아내는 내가 안 보이는 데서 울망정 면전에서 함께 맞서거나 싸우려 하지 않았다.

지금 생각해보면 내가 학습지 교사를 했던 때가 아내가 가장 힘들었던 때가 아니었을까 생각한다. 당시는 경제적으로 워낙 궁핍했던 때라 밥값을 아끼기 위하여 근무하는 날엔 도시락을 두 개씩 싸가지고 다녔는데 아내는 직장 생활을 하면서도 아침에 일찍 일어나 도시락을 챙겨주곤 했었다. 학습지 교사는 월급이 고정적이지 않고 회원 수에 따라 급여를 받는 구조로 되어 있어서 수입이 불안정했다. 당시에 많이 받는 달이 150만 원 정도였고 못 버는 달은 50~60만 원을 번 적도 있었다. 버는 돈은 적고 지출할 곳은 많으니 고금리의 카드론 대출을 받을 수밖에 없었다. 카드론은 다달이 개수가 늘어 가장 많았을 때는 대출

건수가 15개에 이르렀다.

한 달에 버는 돈은 200~250만 원인데 지출해야 하는 돈은 550~600만 원에 육박했다. 맞벌이로 한 달 벌어서 카드론 원리금도 갚기 버거운 기형적인 수입 구조가 3년 가까이 지속되었다. 살기가 힘들어지자 아내에게 가하는 모진 말의 횟수는 점점 늘어갔으며 심지어 폭언도 서슴지 않았다. 아내는 그 모든 것을 감내하며 묵묵히 생활 전선에서 남편을 뒷바라지하며 도왔다.

세월이 흘러 내가 둔촌주공아파트 경비원으로 취업하면서 경제적으로 서서히 안정을 찾아가게 되었다. 경비원이라는 직업은 천한 직업이긴 했지만 4대 보험 적용이 되고 무엇보다 월급이 안정적이라 경제적으로 볼 땐 예전의 학습지 교사 때와는 비교가 안 되었다. 카드론 대출도 서서히 줄어가며 경제적으로도 서광이 비치고 있었다.

그러던 중 2016년 12월, 건강검진에서 청천벽력 같은 말을 듣게 되었다. 동네병원에서 아내가 받았던 위내시경 검사에서 이상 소견이 발견되었고, 아산병원에서 '위암' 선고를 받게 된 것이었다. 당시 나는 아내의 위암 선고를 받고 세상이 다 무너지는 충격을 받았다. 그리고 그것이 '다 나 때문이다.'라는 심한 자책감을 느끼게 했다. 다행히 아내의 병기는 위암 2기 말이라 비교적 조기 발견되어 수술을 받을 수 있었다.

아내가 암 수술을 받던 날, 나는 병실에서 아내의 병상을 밀고 수술실로 향했다. 위암 수술은 현재 보편적인 수술이라 큰 걱정을 안 했지만 아내가 조금 후면 개복을 하고 수술을 받아야 한다는 사실이 나를 몹시 괴롭혔다. 수술실 앞에서 나는 아내에게 "여보, 요즘 위암 수술은 수술도 아니래. 아무 걱정하지 말고 잘 받고 나와."라고 하며 안심을 시켰다. 아내는 대답 대신 내 손을 꼭 쥐었다. 아내를 수술실로 들여보내고 나는 화장실로 들어가 소리 없이 울었다. 어느새 손수건이 축축이 젖어 있었다.

아내는 퇴원을 한 후, 제대로 몸조리도 하지 않은 채 일터로 향했다. 나는 안 된다며 말렸지만 당시 가정 형편을 누구보다 잘 알고 있었던 아내는 내 만류를 뿌리치고 돈을 벌러 나갔다. 그때 나는 일터로 향하는 아내의 뒷모습을 보며 마음속으로 말했다. '여보, 고마워. 그리고 미안해. 언젠가 당신의 사랑에 보답할 때가 오겠지. 그때가 되면 정말 못 해준 것 많이많이 해 줄게.' 아내는 이후 약으로 항암 치료를 하며 완치를 기다리고 있다.

나는 지금까지 세상을 살면서 가장 잘한 선택이 아내와 결혼한 것이라고 생각하고 있다. (물론 아내는 아니겠지만) 내가 가장 힘들고 어려웠을 때 나의 가장 친한 친구가 되어주었던 아내. 나는 아내의 고마움을 죽을 때까지 잊지 못할 것이다. 그리고 이 세상에 다시 태어난다면 아내와 다시 결혼하고 싶다. 그리고 지금은 이 말을 꼭 하고 싶다.

"여보. 미안해. 그리고 사랑해!"

28

부와 명예만을 행복의 기준이라고
생각하지 마라

인간이 생각하는 행복의 기준은 무엇일까? 사람마다 행복의 기준은 다르겠지만 많은 사람들이 우선적으로 손꼽는 것은 바로 '부'와 '명예'일 것이다. 즉 남보다 많은 부를 소유하고 높은 지위에 오를수록 행복하다고 생각한다.

물론 부와 명예가 행복의 조건이 될 수는 있다. 그러나 부와 명예만이 행복의 기준이라고 생각한다면 그 사람의 삶은 불행할 수밖에 없다. 왜냐하면 인간의 욕심은 끝이 없기 때문이다. 많은 사람들이 자신이 소유한 부와 명예를 타인과 끝없이 비교한다. 이렇게 부와 명예만을 행복의 기준으로 정하고, 타인과의 비교를 통하여 행복을 찾으려는 사람은 유감스럽게도 죽을 때까지 행복하기 어렵다. 우리는 남은 가졌는데 자신은 가지지 못한 데서 행복을 찾으려 하지 말고, 오히려 자신은 가지고 있지만 타인은 가지지 못한 데서 행복을 찾으려 해야 진정한 행복에 다가갈 수 있다.

자신이 건강하다면 건강하지 못한 사람에 비해 행복하다고 생각해야 한다. 건강하지 못한 사람은 건강한 사람이 가장 행복하게 보이기 때문이다. 억만금의 재산이 있더라도 중병에 걸려 시한부 인생을 살고 있다면 그 사람에게 가장 행복해 보이는 사람은 비록 가난하더라도 건강한 사람일 것이다.

부모님이 살아 계신다면 행복하다고 생각해야 한다. 이 세상에는 부모님이 살아 계시지 않아 효도하고 싶어도 그렇게 할 수 없는 자식들이 많다는 것을 알아야 한다. 부모님이 살아 계시고 더구나 건강하다면 그것만으로도 타인에게는 부러움의 대상이며 부와 명예와는 비교할 수 없는 커다란 축복이라고 생각해야 한다.

현재 직장에 다니고 있다면 행복하다고 생각해야 한다. 이 세상에는 직장을 잃어 실직 상태에 있는 사람들이 생각보다 많다. 월급의 많고 적음을 떠나 출근할 수 있는 직장이 있다는 것만으로도 부러움의 대상이라는 것을 잊지 말아야 한다.

편안히 쉴 수 있는 집이 있다면 행복하다고 생각해야 한다. 노숙자들에게 가장 부러운 사람은 비바람 막아주고 추위와 더위를 피할 수 있는 집이 있는 사람이다. 거리나 지하차도에서 잠을 청하는 노숙자들을 보라. 그것이 월셋집이 되었든 지하 방이 되었든 추위와 더위를 막아줄 수 있는 거처가 있다는 것만으로도 행복하다고 생각해야 한다.

배우자가 있다면 행복하다고 생각해야 한다. 남편이 있는 여자와 아내가 있는 남자는 상대방에 대한 고마움을 잊고 살 수 있으나 배우자가 없는 사람에게 그들은 부러움의 대상이다. 이 세상에는 사별이나 이혼으로 인하여 홀로 남겨진 사람들이 생각보다 많다. 특히 노년이 되어 배우자 없이 홀로 남겨진 노인들의 외로움과 고독감은 이루 말할 수 없이 큰 것이다.

부모로서 자식이 있다면 행복하다고 생각해야 한다. 이 세상에는 자식이 없어 슬픔을 갖고 살아가는 사람들과 불행한 일로 자식을 잃은 사람들이 적지 않다는 것을 알아야 한다. 시험관 시술이라도 마다치 않고 자식을 가져보려는 부부의 노력은 처절하기까지 하다. 사고로 자식을 잃은 부모는 죽을 때까지 자식을 가슴에 묻는다.

두 눈이 온전하여 정상적으로 볼 수 있다면 행복하다고 생각해야 한다. 이 세상에는 앞을 볼 수 없는 시각 장애인이 생각보다 많다는 것을 잊지 말아야 한다. 이들에게는 단 하루만이라도 좋으니 남들처럼 건강한 두 눈으로 세상을 보는 것이 평생소원이다.

팔다리가 온전하다면 행복하다고 생각해야 한다. 이 세상에는 팔다리가 온전하지 않은 지체 장애인이 매우 많다. 보행이 불편한 이들에게 가장 행복해 보이는 사람은 팔다리가 온전한 사람들이다.

부와 명예만을 행복의 척도로 삼는 사람은 죽을 때까지 행복할 수 없다. 행복한 삶을 살기 위해서는 행복에 대한 기존의 잘못된 가치관을 바꾸어야 한다. 행복한 삶을 살려면 자신은 가졌는데 남들은 갖지 못한 것을 보려고 노력하라. 그리고 그것에서 행복을 찾으려고 애써라. 그렇게 할 때 비로소 행복한 삶이 서서히 눈앞에 전개될 것이다.

29

과거에의 향수

인생을 살다 보면 좋은 날보다 힘든 날이 더 많다는 것을 알게 된다. 그리고 그 힘든 날을 견디기가 생각보다 매우 고통스럽다는 것도 알게 된다. 이때 아련히 떠오르는 것이 고통스럽지 않았던 과거, 지난날이다.

만약 현재의 상태가 행복하고 만족스럽다면 과거의 추억을 떠올리지 않는 것이 인지상정이다. 대부분의 사람들은 '지금', '여기'를 매우 중요하게 생각한다. '지금', '이곳'에서 행복감을 느끼는데 굳이 지금보다도 행복하지 않았던 과거를 반추할 필요는 없는 것이다.

과거에의 향수는 현재의 상태가 고통스러울수록 오래전으로 거슬러 올라간다. 그래서 가장 행복했던 때는 부모 슬하에서 아무 걱정이 없었던 시절이 되는 것이다. 내가 초등학교를 다녔던 때는 학교에서 돌아오면 노는 일이 거의 전부였다. 그때는 지금과 같은 초등학생을 대상으로 한 사교육이 거의 없었던 때라, 하교 후엔 동네 아이들과 어울려 노는 것이 다반사요 놀이는 저녁 식사 전까지 계속되었다. 당시엔 놀이의 종류도 많았다. 다방구·딱지치기·구슬치기·팽이놀이·비석치기·자치기 등 동네 아이들과 어울려 놀다 보면 정말 시간 가는 줄 모를 정도였다. 지금 생각해 보면 천진난만하고 행복한 시절이었다.

중학교 시절엔 학교 수업이 끝나면 학교 운동장에서 축구를 많이 했었다. 당시 내가 다녔던 중학교의 운동장은 방과 후엔 서너 개의 축구장으로 변하여 열심히 공을 차며 뛰어다녔었다. 참으로 걱정 없고 행복했던 시절이었다. 생각해 보면 당시 매점이 아련히 추억으로 떠오른다. 그 시절 학교 매점은 학생들에게 단연 인기 있었던 곳이었다. 수업이 끝나고 쉬는 시간이 되면 매점은 그야말로 몰려드는 학생들로 북새통이었다. 당시엔 튀김 메뉴가 가장 인기였는데 그 짧은 시간에 인파를 비집고 튀김을 사서 입안에 넣었을 때의 맛이란 산해진미가 부럽지 않을 정도였다.

대학을 다닐 때의 추억도 과거 향수의 한 페이지를 차지한다. 당시에는 지금처럼 대학생들이 할 수 있는 알바가 거의 없었고 부모님이 주시는 얄팍한 용돈에 의지하다 보니 친구들과 어울려 술 한잔 사 먹기도 쉽지 않은 일이었다. 그래서 당시에는 소지품을 저당 잡히고 소주나 막걸리로 회포를 달래는 일도 흔히 볼 수 있었던 풍경이었다. 주점 사장이 받아주는 물건도 가지가 지어서 학생증부터 시계·가방·책에 이르기까지 아주 다양했다. 저당 잡힌 물건은 나중에 현금으로 술값을 계산하면 돌려주는 방식이었다.

내가 대학을 다닐 때는 '종빙고'(종강을 빙자한 고고장 출입)라는 것이 있었다. 그래서 종강할 무렵이 되면 과대표가 회비를 걷고 장소를 섭외하여 하루 댄스파티를 벌이는 것이다. 그 당시에는 이태원 디스코텍이 단연 인기였는데 내가 재학했던 '국어교육과' 엔 남학생과 여학생의 비율이 반반쯤 되어 분위기도 좋고 아주 신나게 놀았던 추억이 새롭다.

군 복무 시절 추억도 아련히 떠오른다. 나는 카투사(주한 미군 파견 한국군)로 군 복무를 했었는데 동두천에 있었던 미 제2사단 제2공병대대에서 근무했었다. 나는 그곳에서 취사병으로 보직을 받아 식당에서 병사들의 식사 준비를 담당했었다. 그래서 팔자에 없는 계란 프라이를 하고 햄버거를 굽고 했지만 지금 생각하면 그때가 행복했던 때였다는 생각이 든다. 내가 근무했던 미군 부대에는 영내에 극장도 있었는데 근무 개월 수가 늘어가자 나중에는 자막도 없는 미국 영화를 알아들을 수 있을 정도로 영어 청취 능력이 향상되었던 기억이 새롭다.

과거에의 향수는 현재의 상태가 힘들고 고통스러울수록 아련하고 애틋하다. 나는 그것이 퇴보적이거나 감상적이라고 누가 놀린다 해도 개의치 않는다. 힘들고 고통스러운 날이 더 많은 인생에 마치 어린 시절에 보았던 고전 영화의 한 장면 같은 과거의 추억마저 없다면 인생이 얼마나 삭막할 것인가! 과거에의 향수는 그래서 좋은 것이다.

30

절망과 포기를 넘어

누구나 즐겁고 행복한 인생을 꿈꾼다. 인생사 길흉화복(吉凶禍福)이 돌고 돈다지만, 가급적 흉(凶)과 화(禍)는 남의 일이었으면 좋겠고 나와 내 가족에게는 길(吉)과 복(福)만 있었으면 좋겠다고 말한다. 그러나 불행은 갑자기 찾아왔고 그로 인하여 나는 지난 17년, 죽음의 세월을 포함하여 19년간의 인생의 암흑기를 견디며 살아왔다.

직장을 떠나며 받은 퇴직금 5천만 원은 돈을 벌지 않고 2년만 쉬면 한 푼도 남지 않을 금액이었다. 당장 돈을 벌지 않으면 2년 후 나와 우리 가족은 동반 자살을 해야 하는 절박한 상황이었다. 컴퓨터 수리점을 창업하기로 결심하고 10년 전에 취득한 운전면허증을 들고 운전 연수를 받고 개업을 하였다.

자영업 세상은 전쟁터와 같은 곳이었다. 전쟁을 치르려면 싸울 수 있는 전투력과 좋은 무기, 그리고 넉넉한 군량미가 있어야 하는데 나에겐 그 어느 것도 갖춰진 것이 없었다. 그러던 중 창업한 지 3개월 만에 자동차 사고가 났다. A/S 연락을 받고 출장을 나가는 길에 운전 미숙으로 그만 동사무소 담장을 들이받고 말았다. 자동차가 담장을 치고 나가는데 순간적으로 '여기서 내 인생이 끝나는구나.'라는 생각이 들며 불쌍한 가족들 얼굴이 불현듯 스치고 지나갔다. 다행히 나의 애마는 담장을 치고 나가 45도 각도로 멈춰 섰고 나는 무사히 밖으로 빠져나올 수 있었다. 놀라서 뛰쳐나온 동사무소 직원은 "이런 장면은 영화에서나 볼 수 있는 줄 알았는데" 하며 놀라움을 감추지 못했다.

3년 9개월간 운영하던 가게를 동생에게 맡기고, 취업한 중소기업은 영화 〈실미도〉 같은 곳이었다. 그곳의 사장은 북한의 '김일성' 같은 사람이었으며 사업장의 분위기는 영락없는 70·80년대 구로공단 같은 곳이었다. 입사한 지 한 달쯤 되었을 무렵 L과장이라는 사람은 "오 부장님, 여기는 남자들이 3개월을 버티지 못하는 곳이에요."라고 말했다. 입사한 지 2개월이 지나자 나는 그 말이 거짓말이 아니었음을 알았다. 컨테이너가 들어오는 날은 오전 8시부터 12시까지 5kg짜리 박스 1,000개를 하역했다. 그리고 오후 1시부터 6시까지 화장실 한 번 가고 공장에서 일했다. 나는 그곳에서 2년을 버텼다.

아슬아슬하게 이어져 오던 생계의 동아줄이 2008년 금융위기로 싹둑 잘리던 날, 나는 저녁에 아내를 마주하고 감자탕 집에서 막소주 두 병을 비웠다. 그로부터 1년간의 긴 실직 생활이 이어졌다. 하루하루가 지옥이었다. 하루는 집에 있는데 18층 아파트 베란다 밖으로 길이 나 있는 것 같은 환영(幻影)이 보이는 것이었다. 그때 나는 '왜 사람이 미칠 수 있는가!'를 간접적으로 체험했다.

지옥 같았던 1년간의 실직 기간이 끝나고 취업한 곳은 학습지 회사였다. 그때 내 나이 이미 49세. 80% 이상이 여성인 학습지 교사 세계에서 버티는 것도 결코 만만한 일은 아니었다. 정해진 월급도 없이 회원들에게 받는 수수료가 수입의 전부였다. 한 달 수입이 120~150만 원이 고작이었다. 한 푼이라도 아끼기 위해 자전거를 타고 교실 관리를 다녀오다 그만 인도 턱을 미리 보지 못해 사고를 당했다. 팔이 부러졌는지 몸을 일으킬 수가 없었다. 비는 추적추적 내리는데 자전거와 함께 인도에 처박혀 움직이질 못했다. 지나가던 친절한 행인이 119에 신고해 주어 인근 병원으로 실려 갔다. 다행히 골절은 아니고 탈골이어서 깁스를 한 채로 일을 계속할 수 있었다. 나는 그곳에서 5년 7개월을 일했다.

학습지 교사를 그만두고 4개월간의 구직 끝에 아파트 경비원으로 재취업을 하였다. 각종 쓰레기를 분리수거하고 음식물 쓰레기통을 닦고 식사는 지하실에서 했다. 지하실에는 입주민들이 내다 버린 침대가 있었고 밥상이 있었다. 쥐들이 드나들었으며 환기가 되지 않아 공기는 탁했다.

2016년 그해 여름은 기록적으로 더웠다. 한창 무더울 때는 연일 기온이 37~38도를 오르내렸다. 7월 하순 어느 날, 일과를 마치고 잠을 청하러 경비실 안쪽에 있는 내실로 들어갔다. 샤워 시설이 없는 터라 샤워도 하지 못한 근무복에는 땀 냄새가 진동했다. 마치 구겨진 짐짝처럼 방 한구석에 몸을 내던졌다. 한쪽 벽이 머리에 반대편 벽은 발바닥에 닿았다. 바람 한 점 없는 실내에 회전이 되지 않는 고장 난 선풍기 한 대가 돌아갈 뿐이었다. 실내에 있는 온도계를 보니 밤 12시인데 실내 기온이 31도였다. 나는 소리를 죽여 통곡했다. 땀과 눈물이 뒤섞여 양 볼을 타고 흘러내렸다.

누구나 즐겁고 행복한 인생을 꿈꾼다. 그러나 길과 복보다는 흉과 화가 훨씬 더 많은 것이 우리네 인생이다. 내가 견뎌온 지난 19년은 수많은 절망의 산과 포기의 강을 건너온 힘든 여정이었다. 당시에는 정말 힘든 날이 수없이 많았으며 살기가 너무 힘들어 극단적인 생각을 한 적도 있었다. 그러나 그 시간이 다 지나고 나서 걸어온 길을 돌아보니 '인생의 길은 아무리 힘들어도 출구 하나는 열려 있지 않았나' 하는 생각이 든다. '절망과 포기를 넘어야 기적과 희망도 오는 법' 그것이 인생이 아닐까!

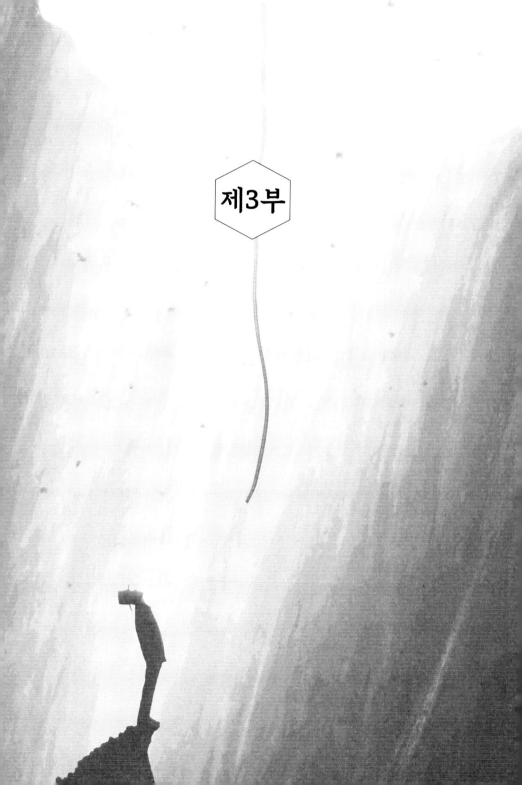

제3부

31

행복의 조건

누구나 행복한 삶을 원하고 행복을 추구한다. 그러면 행복한 삶을 살기 위한 조건은 과연 무엇일까?

많은 사람들이 행복한 삶의 조건으로 우선적으로 손꼽는 것은 바로 '부'와 '명예'다. 매주 수많은 사람들이 복권을 사고 직장에서는 너도나도 남보다 먼저 승진하고 높은 지위에 오르고자 수단과 방법을 가리지 않는다. 물론 행복의 조건이 한 가지가 아닌 바에야 부와 명예가 행복의 조건이 될 수는 있다. 부와 명예를 소유한 사람이 그렇지 않은 사람보다 더 행복한 삶을 살 가능성이 높기 때문이다. 그러나 부와 명예의 소유만이 행복의 조건이라면 부자들과 높은 지위에 있는 사람들은 모두 다 행복해야 할진대 그렇지만은 않다.

우리가 행복한 삶을 살려면 인생을 사는 동안 행복하다고 느끼는 시간이 많아야 한다. 즉 오늘 하루를 보내는 동안 행복을 느낀 시간이 많았다면 그 사람은 행복한 사람이고, 그렇지 않다면 그는 행복한 사람이 아닌 것이다. 행복은 누가 가져다 채워주는 것이 아니라 스스로 행복하다고 느껴야 하는 것이므로 철저히 주관적인 것이다. 즉 남들이 보기에는 그 사람이 행복해 보여도 정작 본인은 행복하다고 생각하지 않는다면 그것은 행복이 아닌 것이다.

행복의 첫 번째 조건은 '만족'이다.

대다수 사람들이 현재 행복하지 않다고 느끼는 이유는 현재의 삶에 만족하지 못하기 때문이다. 그리고 '만족'과 상극인 것이 바로 '비교'다. 우리나라 사람들은 타인과의 비교에서 만족감을 찾는 경향이 강하다. 남보다 많은 월급을 받아야 하고, 남보다 높은 지위에 올라야 한다. 남보다 넓은 집에 살아야 하고 남보다 더 비싸고 좋은 차를 소유해야 한다. 내 자식은 남보다 더 나은 대학에 가야 하고, 남의 자식보다 더 좋은 직장에 취업해야 한다. 이러한 무한 경쟁에서 뒤처지면 상대적으로 불행하다고 생각한다. 이렇게 위만 보고 살고 남보다 우위에 올라야만 행복하다고 생각하는 사람은 행복한 삶을 살기 어렵다.

행복의 두 번째 조건은 '나눔'이다.

우리나라 사람들은 타인에게 베풀고 나누는 것에 대해 유달리 인색한 사람들이 많다. 세숫대야에 수돗물을 받으면 일정 시간이 지나면 흘러넘치게 된다. 대야에 흘러넘쳐 더러운 바닥으로 떨어지는 물은 쓸모없는 오수(汚水)에 불과하지만, 흘러넘치기 전에 다른 대야에 물을 받아 필요한 사람에게 나누어 준다면 누군가에겐 생명을 살리는 물이 될 것이고 누군가에겐 더러움을 씻게 해주는 고마운 물이 될 것이다.

재물이란 것도 물과 같은 것이다. 한 사람이 인생을 살아가는 동안 필요한 재물은 한정적이다. 그 이상의 재물을 가지려고 탐욕을 부리는 것은 타인에게 나누어 주기가 아까워서 일부러 넘치는 물을 바닥으로 흘러보내는 어리석은 행위와 다를 바가 없는 것이다. 나에게는 흘러넘치는 재물이지만 누군가에겐 그 재물이 온 가족의 생명을 살릴 수 있는 생명수와 같은 것이라면 '나눔의 행복'이라는 것이 어떤 것인지 스스로 음미해 보게 된다.

행복의 마지막 조건은 '감사'다.

우리는 일상적이고 평범한 삶에 대하여 '감사함'을 느끼지 않는다. 오히려 나에게 주어진 평범한 삶은 내가 누릴 수 있는 '당연한 것'이라고 생각한다. 우리는 평범한 삶에 대하여 그것을 누리고 있을 때는 잘 모르지만, 그것을 잃었을 때 비로소 그것이 얼마나 소중한 것인가를 깨닫게 된다.

직장 생활을 정상적으로 할 때는 일터의 고마움을 인식하지 못한다. 그러나 실직을 하여 출근할 곳이 없어지면 직장이 얼마나 소중한 곳인가를 비로소 깨닫는다. 직장이 있기에 출·퇴근이 있는 것이며 직장 동료가 있고 내 책상이 있고 매달 내 가족의 생계를 지탱해 주는 월급이 있는 것이다. 이 얼마나 감사해야 할 곳인가!

건강도 마찬가지다. 건강해서 아픈 곳이 없고 정상적인 삶을 살 때는 건강에 대한 감사한 마음을 갖지 않는다. 그러나 병에 걸려 수술을 하고 적지 않은 기간을 병실에서 보내야 한다면 그때야 비로소 건강이 얼마나 소중한 것인가를 실감하게 되고 건강한 삶에 대해 감사함을 느끼게 되는 것이다.

행복의 조건은 거창한 데 있지 않다. 현실의 삶에 만족하고 타인과 나누려고 노력하며 항상 감사한 마음을 잊지 않을 때 행복은 조용히 우리에게 다가오는 것이다.

32

아내를 존중하면 남편이 대우받는다

우리나라는 오랜 기간 동안 남성 위주의 가부장적 문화 속에서 살아왔다. 언젠가부터 남녀 불평등의 문화가 많이 개선되었다고는 하지만 아직 우리나라엔 남녀 간 불평등이 사회·문화 곳곳에 많이 남아 있는 것이 숨길 수 없는 현실이다. 부부 관계도 마찬가지다. 요즘 20~30대의 젊은 층에서는 부부간의 인식이 과거에 비해 많이 달라졌지만, 아직도 50대 이상의 중·노년층은 과거의 보수적인 부부상에 사로잡혀 있는 것이 현실이다.

과거의 전통적인 부부 모습은, 남편은 직장에 나가고 아내는 가정에서 가사와 육아를 전담하는 것이었다. 당시 부부의 모습은 대체로 남편은 권위적이고 아내는 순종적인 모습이 일반적이었다. 남편이 아내의 가사를 돕는 것은 생각하기 어려웠으며 여자들은 남편에게 순종하며 묵묵히 힘겨운 육아와 집안일을 감당해 내야 했다.

그러나 IMF 외환위기 이후 세상은 급속히 변하였다. 평생직장이 무너지고 남편들이 언제 직장에서 해고될지 모르는 상황에서 이제는 아내들이 두 팔 걷어붙이고 생활 전선에 뛰어들게된 것이다. 이렇게 되면서 아내가 전업주부였을 때는 수면 아래에 감추어졌던 가사 분담의 문제가 수면 위로 부상하게 되었다.

이제 더 이상 남편들은 똑같이 생활 전선에서 하루 종일 일하며 돈을 벌어오는 아내에게 예전과 같이 전적으로 가사 전담을 요구할 수 없게 되었다. 아마 요즘에 맞벌이를 하면서 예전처럼 아내에게 가사를 전적으로 부담시키는 남편은 찾아보기 힘들며, 만약에 이런 사람이 있다면 그는 나중에 나이 들어 아내에게 이혼당하는 '황혼 이혼' 1순위가 될 가능성이 매우 높다.

사실 가사 분담이 아니더라도 남편이 아내를 존중하면 여러 가지 장점이 있다. 같은 맞벌이를 하더라도 남자와 여자는 독립심이 다르다. 여자들은 능력이 닿는 대로 직장 일과 가사를 잘 수행해 내려고 한다. 그러나 남자들은 그렇지 못하다. 퇴근하고 나면 소파에 드러누워 TV 리모컨만 눌러 대면서 남편과 아내가 둘 다 일터에 나가 돈을 벌어온다는 사실을 이내 망각하고 마는 것이다.

그러나 남자들이여. 이제는 생각을 바꾸어야 한다. 지금 그대가 누리는 윤택한 삶은 아내가 맞벌이를 하기에 유지된다는 사실을 한시도 잊어서는 안 된다. 아내가 맞벌이를 하면 가사 분담은 당연한 것이며, 아내가 직장에서 회식이 있어서 저녁을 먹고 온다고 하면 냉장고에서 반찬을 찾아 저녁은 해결해야 하고 아내가 귀가하기 전에 설거지는 물론 세탁기도 돌리고 빨래도 개어놓아야 하는 것이다. 여기에 침대에 이불까지 깔아 논다면 그야말로 금상첨화. 늦은 시간에 집에 돌아와 피곤한 몸으로 집안일까지 해야 한다고 생각했던 아내가, 설거지는 물론 세탁기가 돌아가고 빨래까지 개어놓았다면 적어도 그날만큼은 남편은 백마 탄 왕자요, 아내는 예쁜 공주가 될 수 있는 것이다.

아내가 남편에게 잘하면 기껏해야 '고맙다'라는 말을 듣고 외식 한 번 더 하는 데 그치지만, 남편이 아내에게 잘하면 이것과는 비교가 되지 않는다. 바가지가 사라지고 용돈이 오른다. 밥상에 올라오는 반찬의 가짓수가 달라진다. 월중 행사처럼 해오는 부부 싸움이 사라지고 아이들과의 관계도 좋아진다. 가족 간에 미소 짓는 시간이 늘어난다.

나는 언제가 거리를 걷다가 마주치는 여자들을 보면서 '참 대단하다'라고 생각한 적이 있다. 여자들이 30세 전후가 되면 결혼해 시댁 식구가 되어 적응해 살며 평생을 살아가는 삶이 참으로 대단하다고 생각하는 것이다. 아마 남자들에게 그런 삶을 살라고 하면 단 한 달도 못 살고 보따리 싸서 자기 집으로 돌아갈 것이다. 오랜 기간 동안 남녀 차별과 불평등의 시간을 살며 차별과 고통을 순종과 인내의 미덕으로 감수해 온 아내들. 이제는 시대가 바뀐 만큼 남편들은 아내를 새로운 시각으로 바라봐야 한다.

'아내를 존중하면 남편이 대우받는다.'라는 말을 '금과옥조'처럼 마음에 새기고 한시도 잊어서는 안 될 것이다.

33

음주 문화, 이젠 바뀌어야 한다

사람이 인생을 살다 보면 그것이 좋지 않은 것임을 알면서도 가까이하게 되는 것이 있는데, 그중의 하나가 바로 '술'일 것이다. 나의 역사적인 지식이 부족하여 인류가 언제부터 술을 마셨는지 알 수는 없으나 우리나라 고대국가에도 술이 등장하고 있는 것을 보면 그 역사가 매우 오래되었음을 알 수 있다.

술은 인간의 희로애락(喜怒哀樂)과 밀접하게 관련되어 있다. '기뻐서 한 잔, 슬퍼서 한 잔'이란 말에서도 알 수 있듯이, 술은 인생을 살면서 부딪치는 다양한 삶의 모습에 밀접하게 연관되어 있다. 옛날 사극을 보면 경사스러운 행사에 빠짐없이 등장하는 것이 술이요, 장례 같은 애사에도 반드시 등장하는 것이 술이다.

이와 같은 술의 이중적인 속성은 인간사에 긍정적인 면과 부정적인 면을 동시에 보여준다. 술을 마시면 대화가 부드러워지고 시름을 덜어주는 것은 긍정적인 속성이나, 술로 인해 싸움이 나거나 건강을 상하게 하는 것은 부정적 속성인 것이다.

특히 우리나라 사람들은 보편적으로 음주에 관해 관대한 생각을 가지고 있다. 그래서 '술 한잔 하다 보면 그럴 수도 있지.', '술에 취해서 그만' 등과 같은 얘기로 취중에 한 실수는 대수롭지 않게 여기는 경우가 많다. 그러나 가만히 생각해 보면 위와 같은 생각은 분명히 잘못된 것이며 그것이 우리나라의 잘못된 음주 문화에서 비롯된 것임을 알게 된다.

첫째로 손꼽을 수 있는 잘못된 음주 문화는 바로 '음주에 대한 그릇된 인식'이다. 우리나라에는 '술은 취하기 위해서 먹는다.'라는 생각을 가진 사람들이 많다. 물론 술의 속성상 마시다 보면 취할 수도 있다. 그러나 사람을 만나 술 마시는 주된 목적이 취하는 데 있다면 그것은 주객이 전도된 것이다. 술은 사람을 만나 대화를 하는 데 분위기를 부드럽게 하고 매끄럽게 해주는 촉매의 역할을 해야 하는 것인데, 취하는 데 목적이 있다면 그것은 부정적인 측면만 있을 뿐 긍정적인 효과는 거의 사라진 형국이 되는 것이다.

둘째는 '상대방에게 억지로 술을 권하는 것'이다. 음주를 하는 사람들은 저마다 주량이 다르다. 소주 두 병을 마셔도 끄떡없는 사람이 있는 반면에, 두 잔만 마셔도 취하는 사람도 있다. 그런데 직원들이 모이는 회식 자리에서는 개인의 주량에 대한 배려는 거의 무시된다. 단체로 건배를 외치는 첫 잔은 동시에 마신다고 해도 두 번째 술잔부터는 속칭 '원 샷'을 해서는 안 되는 것이다. 이것을 막기 위해서는 자기 술잔을 상대방에게 권하는 것은 삼가야 하며 자기 술잔에 스스로 먹을 만큼 술을 채워 마시는 문화가 정착되어야 한다.

셋째는 '술을 너무 빨리 마신다'는 것이다. 우리나라 사람들은 매사에 '빨리빨리'란 고질병이 있는데 이것은 음주에서도 예외가 아니다. 술은 빨리 마시면 빨리 취하게 되어 있다. 특히 술을 빨리 마시는 사람들을 관찰해 보면 안주를 제대로 먹지 않는 경우가 많다. 안주는 안 먹고 술만 빨리 먹으니 빨리 취하는 것이다. 빨리 술에 취해 좋을 것은 하나도 없다. 속만 빨리 버리고 다음 날 후회만 두 배로 커지게 된다.

음주에 지나치게 관대한 것도 문제다. 술은 분명히 기호 식품이며 많이 마시면 취할 수 있는 만큼, 음주 후의 실수에 대한 책임은 단호하게 물을 수 있어야 한다. 자신이 감당할 수 있는 주량 이상 마시고 '술에 취해서'라며 오리발을 내미는 행위는 이제 더 이상 용납되어서는 안 된다.

인생의 모든 일이 그렇듯이 술 또한 '과욕'이 문제인 것이다. 음주의 목적은 취하는 데 있는 것이 아니라 대인 관계를 부드럽게 하고 친목을 도모하는 데 있으므로 그 정도의 음주량이면 충분한 것이다. 이제는 몸도 가누지 못할 정도로 마시며, 그것도 부족해 2차, 3차를 외칠 것이 아니라, 1차에서 기분 좋게 마시고 각자 집으로 돌아가는 건전한 음주 문화가 정착되어야 할 것이다.

34

오늘 1시간을 낭비하면 나중에
10시간을 후회하게 된다

인생은 시간의 연속이다. 생로병사도 시간의 흐름 속에 있으며, 길흉화복도 시간의 흐름에 따라 변하는 것이다. 어떻게 보면 시간의 흐름이란 단순하면서도 무서운 것이다. 인생을 마감해야 할 시점에 이른 사람 중에서 지나온 인생을 후회하지 않는 사람이 있을까? 후회의 다소(多少)는 있을지언정 후회가 없는 사람은 이 세상에 단 한 명도 없을 것이다.

사람들은 흔히 인생에서 가장 중요한 세 가지로 부와 명예 그리고 건강을 꼽는다. 이 셋 중에서 가장 중요한 것은 '건강'이다. 부와 명예는 시운(時運)을 만나면 얻을 수 있으나, 건강을 잃으면 모든 것을 잃게 되기 때문이다. 그러나 관점을 달리하여 인생을 다른 각도에서 본다면 '시간'이야말로 건강만큼 중요한 것이라 아니할 수 없다. 인간은 유한한 존재이며 이 세상에서 보내는 시간은 사람마다 모두 다르다. 어느 누구도 자신이 언제 죽을지 알지 못한다. 결국 우리 모두는 자신이 언제 죽을지 누구도 알지 못한 채 각자 인생이란 시간여행을 하고 있는 것이다. 앞에서 언급했지만 인생의 종착역에 다다르면 누구나 자신이 지나온 인생을 후회한다.

그러면 남들보다 덜 후회하는 인생을 살려면 어떻게 해야 할 것인가? 그것은 바로 쓸데없이 시간 낭비를 하지 않는 것이다. 여기서 시간 낭비를 하지 말라는 것은 불필요한 곳에 시간을 허비하지 말라는 뜻이다. 하루 24시간은 생각보다 짧으며 순수하게 남과는 차별화된 자신만의 시간은 더욱 짧다. 우리는 하루 24시간 중 3분의 1은 건강을 유지하기 위하여 수면으로 보낸다. 그리고 3시간은 세 끼 식사 시간으로 보낸다. 또한 직장인의 경우 직장에서 약 8시간을 보낸다. 이렇게만 따져도 하루 중 남는 시간은 약 5시간에 불과하다. 이 중 2시간을 출퇴근에 쓴다면 직장인의 평일 시간 중 자신만을 위해 쓸 수 있는 시간은 하루 3시간 정도에 불과하다.

생각이 여기에 이르면 하루 24시간은 정말 짧으며 1개월, 3개월, 6개월, 1년이 생각보다 빠르게 지나가는 것이다. 어리석은 사람 중에는 인생의 시간을 늘리기 위하여 잠자는 시간을 줄이고 하루에 두 끼만 먹는 사람도 있다고 한다. 그러나 이것은 수많은 인생 중에서 가장 어리석은 인생의 유형이다. 수면과 식사는 '건강 유지의 양대 축'이라 할 수 있다. 하루에 필요한 만큼의 수면을 취하지 않으면 유한한 인생이 더 짧아지게 된다. 밥 먹는 시간도 아깝다고 하루에 두 끼만 먹게 되면 체력 보충이 안 되어 수명의 엔진이 서서히 꺼져가게 된다. 소탐대실의 전형적인 것이다.

인생에서 시간 낭비를 하지 말라는 것은 가장 중요한 건강 유지를 위한 시간은 손대지 말고 나머지 시간을 낭비하지 말라는 것이다. 남과는 다른 자신의 발전을 위한 시간은 단 1분이라도 허비해서는 안 된다. 이렇게 하면 건강을 유지하면서 자신만을 위한 시간을 알차게 보내게 되어 인생의 밀도가 높아지고 인생의 종착역에서 후회하는 시간을 최소화할 수 있는 것이다.

인생은 한 번에 일주일, 한 달씩 가지 않는다. 한 시간이 모여 일주일이 되고 한 달, 6개월, 1년이 지나가는 것이다. 그리고 시간의 가치는 인생의 흐름에 따라 차이가 난다. 10대의 1시간과 30대의 1시간, 60대의 1시간의 가치가 같을 수는 없는 것이다. 특히 젊을 때 시간 낭비를 많이 한 사람은 나이가 들거나 인생의 종착역에서 후회할 시간이 그만큼 많아지게 된다. 오늘 한 시간을 낭비하면 나중에 10시간을 후회할 수도 있는 것이다.

먼 훗날 그래도 '나는 인생을 열심히 살았어.'라고 자신 있게 말하려면 다른 생각 하지 말고 오늘 하루를 열심히 살아야 한다. 30분, 1시간을 절대 낭비하지 말라. 한 번 흘러간 시간은 절대 다시 돌아오지 않으며, 한 번 흘러간 인생은 다시 돌아오지 않는다. 이것이 우리가 시간을 낭비하지 말아야 하는 이유다.

35

남의 불행을 나의 행복이라고 생각하면

인간은 이기적(利己的)인가? 이타적(利他的)인가? 어려운 질문이어서 딱 잘라 말하긴 어렵지만, 나는 90%의 인간은 이기적이라고 본다. 즉 나에게 이로우면 좋은 것이고 나에게 해로우면 나쁜 것이라고 생각하는 사람들이 그만큼 많다는 얘기다. 그 많은 이기적인 사람들 중에서도 가장 비뚤어진 유형은 바로 '남의 불행은 나의 행복'이라고 생각하는 사람들이다.

우리는 매일같이 사건·사고와 관련된 뉴스를 접한다. 그런 사건·사고로 인하여 사람이 죽기도 하고 부상을 당하기도 한다. 정상적인 사람들이라면 타인이 불행을 당했을 때 연민의 감정을 갖는 것이 인지상정이다. 비록 내 가족은 아니지만 불행을 당한 사람도 가족이 있을 것을 생각한다면 사망한 사람에게는 애도의 마음을 갖고 부상을 당한 사람은 하루빨리 완쾌되기를 바라는 마음을 갖는 것이 정상적인 인간의 모습인 것이다.

그러나 다른 사람들의 불행을 보며 행복감을 느끼는 사람은 비정상적이거나 사이코 같은 인간이라 아니할 수 없다. 이런 유형의 인간들의 생각은 이렇다. '불행은 타인이나 타인의 가족들에게만 오고 나와 내 가족에게는 절대 그런 불행은 오지 않을 것이니 무엇이 걱정이란 말인가! 타인의 불행은 나와는 무관한 것이며, 오히려 그것은 나에게 행복감을 주는 일이다.' 이 얼마나 오만하며 비정상적인 생각인가!

인생지사 길흉화복(吉凶禍福)은 돌고 돈다. 인생을 살아가는 데 길(吉)과 복(福)만 있으면 오죽 좋으련만 아쉽게도 인생에는 길과 복보다는 흉(凶)과 화(禍)가 훨씬 더 많다. 이것이 남의 불행을 나의 행복이라고 생각해서는 안 되는 절대적인 이유다.

부끄러운 얘기지만 교직에 있을 때, 나는 남의 불행에 대해 크게 공감하지 못했다. 지금 생각해 보면 당시에 교사인 나를 부러워한 사람이 무척 많았을 터인데, 나는 그런 생각을 하지 못했다. 내가 누리는 것은 당연한 것이고 나보다 더 나은 직업을 가진 사람, 더 많은 재력을 가진 사람들을 한없이 부러워했다. 가난한 사람과 불행을 당한 사람들과의 공감에는 둔감했다. 그러나 내가 불행을 당하게 되고 교직에 있을 때는 생각하지도 못했던 열악한 직업에 종사하게 되자, 비로소 다른 사람들의 불행에 공감하게 되고 연민의 마음을 갖게 되었던 것이다. 막상 그 입장에 놓여 봐야 그 속을 헤아린다지만 '교사로 있었을 때 그것을 헤아릴 수 있었다면 얼마나 좋았을까!' 하는 후회와 한스러움은 두고두고 아쉬움으로 남는다.

나는 타인의 불행에 대하여 같이 슬퍼하고 연민의 마음을 가져야 한다고 생각하며 그것이 바로 '인생 품앗이'라고 생각한다. 비록 그것이 눈에 보이지는 않을지라도 텔레파시라도 연결되어 타인들과의 교감이 이루어지는 것이다. 세상은 더불어 살려는 사람들이 많아져야 행복해진다. 불행에 대하여는 슬픔을 같이하여 슬픔을 덜고, 행복에 대해서는 축하해주어 기쁨이 두 배가 되도록 배려해주어야 한다. 그러나 아직은 유감스럽게도 이런 사람들보다는 남의 불행에 대해 무관심하거나 둔감하고 심지어 남의 불행을 나의 행복이라고 생각하는 사람들이 더 많은 것이 우리가 사는 세상의 현실이다.

우리는 인간의 수명이 유한(有限)하다는 것을 자각하여야 한다. 부와 명예는 이 세상을 떠날 때는 다 두고 가며 죽음이 임박하면 좀 더 타인에게 따뜻하게 대하지 못했고 인색했던 것에 대하여 후회하게 될 것이다.

우리가 사는 세상이 좀 더 따뜻해지려면 타인과 공감하려는 사람들이 점점 많아져야 한다. 그래서 아픔은 감싸주고 행복과 기쁨은 함께하는 사람들이 많아져야 우리의 미래는 장밋빛으로 다가올 것이다.

36

구멍 난 양말

경비원 근무를 마치고 아침에 퇴근한 어느 날이었다. 샤워를 하려고 양말을 벗으려는데 한쪽 양말에 구멍이 나 있었다. 무심코 반대쪽 온전한 양말까지 한 켤레로 종량제 봉투에 버리려다가 문득 이런 생각이 들었다. '양말에 구멍이 났다고 버린 지가 얼마나 되었을까?'

내가 유년 시절과 초등학교를 다녔던 1960년대 중반~70년대 초만 하더라도 우리나라는 무척 가난한 나라였다. 당시에는 공산품이 무척 귀했던 때라 무조건 아껴 쓰는 것이 미덕이었던 시절이었다. 의복도 귀해서 옷 한 벌을 사면 형제간에 물려 입기가 예사였다.

초등학교 시절, 필기구였던 연필은 몽당연필이 될 때까지 썼으며 몽당연필 끝에 다 쓴 볼펜 자루까지 끼워서 썼었다. 신발도 다 헤져서 못 신게 될 때까지 아껴서 신었었다. 종이 한 장, 공책 한 권이 귀하던 시절이었다.

지금도 기억나지만 옷에 구멍이 나도 그냥 버리지 않았다. 남자 아이들의 옷은 주로 팔꿈치 쪽이 닳아서 구멍이 나는 경우가 많은데, 어머니께서 그것을 보시면 다른 옷감(주로 못 쓰는 옷)의 천을 가위로 잘라 구멍 난 부분에 덧대어 입었었다. 요즘 초등학생들에게 그런 옷을 주고 입으라면 난리가 나겠지만 당시에는 그런 것이 지극히 당연했고 조금도 창피하지 않았던 시절이었다.

구멍 난 양말도 마찬가지였다. 당시에는 양말에 구멍이 났다고 그냥 버리는 것은 생각하기 어려웠다. 양말 앞 코에 난 구멍은 양말 안쪽으로 비슷한 색상의 천을 대어 꿰매 신었으며, 심지어 볼에 구멍이 나면 비슷한 색깔의 천을 잘라서 덧대어 꿰매 신었었다. 요즘 초등학생들에게 그런 양말을 주어 신으라고 하면 삼십육계 줄행랑을 치겠지만 당시에는 그런 것이 전혀 흠이 되지 않던 시절이었다.

우리나라가 언제부터 물질적으로 풍요롭게 되었는지는 몰라도 '버리는 것'을 너무 쉽게 여기는 것이 아닌가 생각한다. 물론 지금은 60~70년대와는 비교할 수 없을 정도로 풍족한 시대라 하더라도 너무 쉽게 물건들을 버리는 것은 아닌가 되돌아보게 되는 것이다. 요즘 젊은 세대가 나 같은 베이비 부머 세대를 보면 구세대라 하겠지만, 나 같은 구세대는 물건을 쉽게 버리지 못한다. 어려운 시대를 살았던 삶의 경험이 몸에 배어서인지는 몰라도 물건은 구매도 신중하게 해야 하지만 한 번 구입한 물건은 못 쓰게 될 때까지 써야 한다는 생각이 강하기 때문이다.

옷만 해도 그렇다. 나는 옷이 많지도 않지만(언제부턴가 아이들이 옷을 장만해주어 예전과 비교해서는 제법 가짓수가 늘었다), 가지고 있는 옷은 아껴서 알뜰하게 입는 편이다. 나의 옷장에는 내가 교직에 있을 때 입었던 30년 된 옷이 아직도 있다. 비록 지금은 양복을 입을 일이 거의 없지만 버리지는 못하고 옷장 한 켠을 차지하고 있는 것이다. 나의 옷장에는 10년은 기본이요, 20년 가까이 된 옷도 적지 않다.

신발도 수명이 다 될 때까지 신는다. 예전에 교직에 있을 때는 구두 한 켤레를 사면 5~6년을 신었었다. 구두 굽을 7~8번을 갈아 신기가 예사였다. 요즘 젊은 세대가 들으면 이해가 되지 않는다고 손사래를 칠 것이다.

요즘 젊은 세대는 유행 따라 옷과 신발을 산다고 한다. 그러다 보니 충동구매로 물건을 사고 싫증이 나면 버린다. 그리고 버리는 것에 대해 별다른 가책을 느끼지 않는다. 지금이 60~70년대처럼 가난한 시대도 아니요, 물질적으로 빈곤한 나라도 아니니 그들의 생각이 맞는지도 모른다.

그러나 나는 새것보다는 오래된 것이 좋다. 견물생심이라 나 또한 새 물건이 왜 싫겠는가마는 오래된 물건은 왠지 정이 가고 친근해서 좋다. 그 물건이 비록 낡고 허름하여 볼품은 없더라도 그 물건에 묻은 손때와 세월의 정은 감히 새 물건이 범접하기 어

려운 영역인 것이다. 구멍 난 양말을 버리며 '옛날에는 다른 천
을 덧대어 신었었는데' 하는 아쉬움을 느끼는 것은 나만의 생각
일까! 새삼 옛날이 그리워진다.

37

인생은 공평하지 않다

이 세상 모든 사람들의 인생이 공평하다면 얼마나 좋을까! 그러나 유감스럽게도 인생은 공평하지 않다.

어떤 사람들은 태어날 때부터 '금수저'로 태어난다. 대기업 회장의 손자로 태어나는 사람은 출생부터 이미 부와 명예를 보장받은 것이나 다름없다. 남보다 더 좋은 교육을 받을 수 있으며, 승진에 있어서도 남보다 더 빨리 초고속 승진을 할 것이다. 반면에 부모에게서 버려져 베이비박스로 들어온 아기는 이미 태어날 때부터 험난한 인생 항로가 예정되어 있다. 부모의 보살핌 아래 자라나는 아이와 보육원에서 자라는 아이는 그 여건이 천지 차이라 아니할 수 없다.

건강한 몸으로 태어나는 것도 축복이다. 건강은 인생을 살아가는 데 있어서 가장 중요한 것인 만큼 건강한 신체는 인생에 있어서 큰 축복이 아닐 수 없다. 출생 때부터 병을 지니고 태어나거나 장애를 가지고 태어나는 경우 그 인생은 매우 불행하다 할 수밖에 없다. 그러나 역경을 극복하고 인간 승리를 이루어 낸 사람은 비장애인에게는 느낄 수 없는 진한 감동의 신화를 만들어 낸다.

태어나는 지역도 공평하지 않다. 복지 선진국에서 태어난 사람은 출생 프리미엄으로 늙어 죽을 때까지 안락한 삶을 보장받는다. 반면에 전쟁이 끊이지 않는 빈국에서 출생한 아이는 전쟁의 참화로 부모를 잃을 수도 있으며, 자신 또한 사망하거나 불구자도 불행한 삶을 살아갈 수도 있다.

인간의 수명 또한 매우 불공평하다. 세상에는 100세 이상 장수를 누리는 사람이 있는가 하면 10세 이전에 죽거나 20세를 못 채우고 사망하는 사람도 있다. 심지어는 태어나 보지도 못하고 엄마의 뱃속에서 죽어가는 인생도 있다.

인생은 공평하지 않다. 그러나 인생이 공평하지 않다고 주어진 운명만 탓하고 있는 사람은 공평하지 않은 인생만 고착화될 뿐 아무것도 바뀌지 않는다. 인생이 위대하고 아름다울 수 있는 것은 상대적으로 불공평하게 태어난 인생을 극복하고 바꾸어 나가는 데 있다.

우리네 인생은 운명적으로 타고난 것은 바꿀 수 없지만, 노력으로 바꿀 수 있는 것도 많이 있다. 비장애인이 보기에는 차라리 죽는 것이 나을 것 같은 장애인이 보란 듯이 역경을 극복하고 비장애인보다 몇 배 더 나은 인생을 사는 경우도 있다.

금수저로 태어났지만 자만심이 가득하여 흥청망청 인생을 낭비하다가 폐인으로 삶을 마감하는 경우도 우리는 목도한다. 인생은 쉽게 생각하면 출생 시 타고난 조건이 인생 전체를 좌우하는 것처럼 보이지만 그렇지 않다. 우리가 타인의 수많은 인생을 들여다보면 좋은 여건을 타고나서 순탄하게 성공의 길로 들어서 화려하게 인생을 마감하는 경우보다, 힘들고 고통스러운 조건으로 태어났으나 역경을 극복하고 인간 승리를 이루어 낸 경우가 훨씬 더 많다. 자신이 태어난 여건을 탓하고 불행의 원인을 주위 탓으로 돌리는 사람은 죽을 때까지 성공하지 못할 가능성이 매우 크다. 이런 사람들은 역경에 부딪칠 때마다 빠져나갈 구실을 만들려고 하기 때문에 제자리에서 맴돌기만 할 뿐 전진하지 못하는 것이다.

인생 전체를 놓고 보면 타고난 조건이 인생을 좌우하는 비중은 30%를 넘지 않는다. 후천적인 노력과 역경을 극복하는 힘이 인생의 70% 이상을 좌우하는 것이다. 현실을 탓하지 말고 자신의 복된 미래를 만들기 위해 끊임없이 노력하라. 그리하면 머지않은 미래에 자신이 꿈꾸는 삶을 살 수 있을 것이다.

38

스마트폰 중독

2020년을 살고 있는 대한민국 국민에게 가장 중요한 필수품이 있다면 그것은 무엇일까? 개인마다 생각이 다를 수 있겠지만 대다수의 사람들은 '스마트폰'이라고 대답할 것이다. 스마트폰이 세상에 나온 지는 10년 정도밖에 되지 않았지만 어느새 이 놀라운 기기는 국민들에게 없어서는 안 될 필수품이 되어 버렸다. 아침에 일어나면 다른 것보다 스마트폰부터 찾고 잠자리에 들기 전까지 하루 종일 스마트폰을 들여다보며 산다.

버스를 타거나 지하철을 타면 10명 중 9명은 스마트폰을 쳐다보고 있다. 아니 좀 더 정확히 말하면 100명 중 95명은 스마트폰을 쳐다보고 있다. 상황이 이 정도면 가히 대다수의 사람들이 스마트폰에 중독되어 있다 해도 과언이 아니다. 심지어 인도를 걸어갈 때나 횡단보도를 건너면서 스마트폰을 보며 걷는 보행자도 심심치 않게 찾아볼 수 있다. 이 정도가 되면 중독 수준이 심각한 상태에 이르렀다고 보지 않을 수 없다. 나 또한 스마트폰 사용자다. 그리고 남들처럼 스마트폰이 편리하고 재미있는 도구라는 것도 안다. 그러나 나는 꼭 필요할 때가 아니면 스마트폰을 손에 쥐지 않는다.

스마트폰이 10년이라는 비교적 짧은 기간에 엄청난 사람들을 중독시킨 비결은 바로 '컴퓨터 기능이 휴대폰 속으로 들어왔다'는 것 때문일 것이다. 쉽게 말해 현재의 스마트폰은 '미니 컴퓨터'라고 해도 과언이 아니다. 심지어 인터넷 검색도 스마트폰으로 가능하니 어찌 '손 안의 컴퓨터'라고 아니 할 수 있겠는가! 집에서 컴퓨터로 인터넷 검색을 해도 시간 가는 줄은 모르는데 이제는 시·공간의 제약을 받지 않고 언제 어디서나 컴퓨터를 사용할 수 있게 되었으니, 애초에 스마트폰이 세상에 나올 때부터 사람들을 중독시키는 것은 시간 문제였던 것이다.

예전에는 자녀가 집에서 컴퓨터로 인터넷 검색만 하고 있으면 '컴퓨터 그만 하고 공부 좀 해라!' 하며 꾸짖던 부모가 자녀보다 더 오랜 시간을 스마트폰과 함께 보내고 있다. 이것을 본인만 모르고 있는 것이다. 인간이 사용하는 문명의 이기(利器)는 그 자체만으로는 선악을 논할 수 없다. 그것은 마치 칼의 용도가 과일 껍질을 깎을 수도 있으나, 잘못 사용하면 끔찍한 살인의 도구가 될 수 있는 것과 같은 이치다. 스마트폰 자체가 나쁜 것이 아니라 그것을 사용하는 사람들의 태도가 문제인 것이다.

내가 대학을 다녔던 1980년대에는 휴대폰은 고사하고 컴퓨터도 없었다. 전화를 하려면 공중전화 박스에서 줄을 서서 순서를 기다렸었다. 지금은 점점 사라져 가는 CD도 그때는 귀했으며 주로 카세트테이프로 음악을 듣곤 했었다. 지금의 20~30대 젊은이들에게 이런 얘기를 하면 "그런 시대가 있었나요?" 하면서 눈이 휘둥그레질 것이다. 내가 대학 1학년일 때 '전자오락실'이라는 것이 생겨나서 엄청 성업 중이었으니 격세지감을 느낄 만도 하다. 그러나 지금 생각해보면 1980년대가 현재와 비교해 세련되지 못한 구시대인 것만큼은 틀림없으나, 당시에는 첨단화된 오늘날에는 없는 소중한 것들이 있었다. 당시의 대학생들에겐 '낭만'이라는 것이 있었다.

수업이 없는 빈 시간이면 교정 잔디밭에 둘러앉아 대화를 나누고 인생을 고민했었다. 점심을 먹고 나면 도서관 1층에서 신문을 읽었으며 휴게실에서 카세트 플레이어를 이어폰에 연결해 영화음악과 팝송을 들었었다. 강의가 끝나고 나면 친한 친구들과 내기 당구도 치러 다녔고 학교 앞 학사주점에서 학생증을 맡기고 외상술도 마셔봤다.

지금도 생각난다. 아마 친구의 생일이었던 것으로 기억하는데, 가난한 대학생들이 술값이 부족해 일단 술을 시켜놓고 젓가락 장단에 뽕짝을 불러 가며 흥에 취했던 술자리였다. 나중에 계산할 때는 술값이 부족해 어떤 친구는 시계를 맡기고 어떤 친구는 학생증을 담보(?)로 맡겼었다. 스마트폰이 없었던 당시에는 놀이 문화가 단순했다. 그래도 그 시절에는 낭만이 있었고 인간적인 훈훈함이 있었다. 도서관에서는 많은 학생들이 책을 읽었고 광장에서는 토론이 있었다.

다시 2020년으로 돌아온다. 코로나 19라는 전례 없는 감염병이 창궐한 가운데 너도나도 마스크를 하고 스마트폰에 중독되어 하루 종일 휴대폰만 뚫어지게 바라보고 있다. 집에서 가족이 식사하는 중에도 대화는 없고 각자의 스마트폰에 중독되어 있다. 거리를 걸을 때도 스마트폰을 보며 걷고 식당에서도 스마트폰을 보며 밥을 먹고 있다. 퇴근해서 잠자리에 들 때까지 2~3시간씩 쉬지 않고 스마트폰을 들여다보다가 잠자리에 든다.

갑자기 도서관에서 창밖의 빗소리를 들으며 단편 소설을 읽었던 1980년대의 내 모습이 떠오른다. 그때가 그립다.

39

야식(夜食)과 아침 결식

예전에 어느 인터넷 기사를 보니 대한민국 직장인의 70% 정도가 아침 식사를 하지 않고 출근한다고 한다. 나는 그 기사를 보고 적잖이 놀랐다. 아침 식사를 하지 않고 출근하여 일을 한다는 것은, 비유적으로 말하면 자동차에 기름을 넣지 않고 도로를 달린다는 것과 같은데 도무지 납득이 되지 않는 일이기 때문이다.

그렇다면 왜 그 많은 직장인들이 아침 식사를 하지 않는 것일까? 그 이유는 여러 가지가 있을 것이다. 만약 누군가가 나에게 여러 가지 이유 중 가장 유력한 한 가지를 제시하라고 한다면 나는 주저 없이 '야식(夜食)'이라고 말할 것이다.

아침 식사를 거르는 직장인이 10명 중 7명이나 되는 반면에 밤에 야식을 하는 사람들은 의외로 많다. 그중에는 근무 여건상 불가피하게 저녁 식사를 늦게 해야 하는 사람도 있겠으나, 그런 사람들보다는 불규칙한 식사 습관 때문에 야식을 즐기는 사람들이 많으리라 생각한다. 점심과 저녁 사이에 간식을 너무 많이 먹었다든지, 저녁을 너무 가볍게 먹은 탓에 밤에 허기를 참지 못해서 등등 다양한 이유가 있을 것이다.

그러나 야식을 즐기는 습관은 건강을 망치는 주범임에는 분명하다. 나는 야식이야말로 먹는 것에 대한 인간 탐욕의 대표적인 것이라 생각한다. 인간이 오랜 기간 하루에 세 끼 식사를 해온 것은 시행착오를 거쳐서 그것이 가장 이상적인 것이기 때문에 식사의 원칙으로 자리 잡은 것이라 본다.

정상적으로 하루 세 끼 식사를 한다면 조식은 오전 7시, 점심은 12시, 석식은 오후 7시경에 하게 된다. 이것을 가만히 생각해 보면 아침 식사를 왜 반드시 해야 하는지 그 이유가 자명(自明)해진다. 전날 저녁 식사와 익일 아침 식사 사이에는 약 12시간의 공백이 존재한다. 물론 이 사이에는 약 8시간의 수면이 포함된다. 수면 중에는 인간의 몸이 휴식을 취하기 때문이지 사실 12시간의 공복은 매우 긴 시간이다. 그런데 아침 식사를 하지 않으면 그 공복은 17시간 정도가 된다. 아침 식사를 거르고 점심을 먹는다면 무려 17시간 만에 위장에 음식물을 채우는 것이다.

사람의 몸은 주간에 일하고 야간에는 휴식과 수면을 취하며 쉬게 되어 있다. 수면을 취하는 동안에는 인간 신체의 모든 곳이 쉬면서 내일을 준비하는 것이다. 그러나 야식은 인간의 장기를 쉬지 못하게 만든다. 더구나 야식을 하고 한 시간도 못 되어 잠자리에 드는 것은 가혹하리만큼 자신의 몸을 학대하는 어리석은 행위라고밖에 볼 수 없는 것이다. 결국 야식으로 섭취한 음식물은 움직이지 않는 수면 시간에 그대로 몸에 쌓이게 되어 비만과 각종 성인병의 원인이 되는 것이다. 야식의 폐해는 여기서 그치지 않는다. 전날 밤늦게 음식물을 먹은 결과로 다음 날 아침에 입맛이 없다. 결국은 야식 때문에 다음 날 아침 조식까지 영향을 주는 것이다. 참으로 어리석은 일이라 하지 않을 수 없다.

야식을 끊지 못하는 사람들은 밤에 느끼는 허기를 참지 못해서라고 하는데 허기진다고 무조건 음식물을 섭취하는 것이 능사는 아닌 것이다. 나는 경비원 근무를 하는 날에는 근무 여건상 오후 5시에 저녁 식사를 한다. 일반적인 직장인에 비해 약 두 시간 전에 식사를 하다 보니 밤에 배가 고프기도 한다. 그러나 이 배고픔을 잘 견디면 다음 날 아침 생각 외의 소득이 있다. 그것은 바로 다음 날 아침 밥맛이 최고라는 것이다. 밤 12시 반쯤 잠자리에 들어 약 4시간 반 정도 수면을 취하고 오전 6시경에 퇴근하여 6시 반 경에 아침 식사를 한다. 전날 저녁 식사 이후 무려 13시간 만에 위장에 음식물을 채우는 것이다. 아침 밥맛은 반찬 세 가지만으로도 가히 꿀맛 중의 꿀맛이다. 이것은 아마도 전날 배고픔의 허전함을 이겨낸 값비싼 보상이 아닌가 생각한다.

인간의 잘못된 욕심은 모든 재앙의 뿌리다. 음식에 대한 탐욕도 예외가 아니다. 제때 식사하지 않고 밤늦게 야식을 하고 아침 식사를 거르는 것이 장기간 이어지면 몸은 망가지고 병마가 찾아올 가능성이 그만큼 더 커진다. 더 늦기 전에 야식을 끊고 아침 식사를 챙기도록 하자. 예전에는 느끼지 못했던 행복감이 매일 아침 그대의 식탁에 찾아올 것이다.

40

포장재와 환경오염

언젠가부터 인류는 지구 온난화와 기상 이변으로 고통받고 있다. 지구가 점점 더워지면서 북극과 남극의 빙하가 녹고 기상 이변이 잦아지면서 매년 자연재해로 많은 인명의 손실이 나타나고 있다. 이제 환경오염으로 인한 지구의 위기는 어느 특정 국가만의 문제가 아니라 지구촌 모든 나라가 걱정하고 공감하는 공통의 관심사가 되었다. 그러면 왜 지구 온난화가 생겨나고 기상 이변이 잦아지게 되었는가? 내가 과학자가 아니어서 정확한 이유는 알지 못하지만, 많은 원인 중 하나로 인류가 배출하는 쓰레기 문제를 들 수 있다고 본다.

언제부턴가 인류는 그들이 지구의 주인공이라고 생각하고 모든 것을 '사람 중심'으로 극도로 이기적인 삶을 살아왔다. 인간도 지구를 구성하는 자연의 일부라고 생각하고 자연과 더불어

공존의 삶을 살기는커녕, 인간 이외의 자연을 정복과 파괴의 대상으로 여겨온 것이다. 인간은 그들의 행복한 삶을 위해서는 자연을 무차별적으로 파괴해도 상관없다고 생각하며 자연을 오염시키고 환경을 파괴하는 것에 둔감해져 왔다.

인간이 사용하는 각종 물품을 포장하는 포장재도 그중의 하나다. 대량 생산과 대량 소비가 만성화된 현대 사회에서 포장재는 불가피한 선택일지 모른다. 그런데 문제는 그 포장의 정도에 있다.

기업의 입장에서 보면 '이윤 창출'이 가장 큰 목적이므로 소비자가 구매 욕구를 갖도록 제품을 생산하는 것이 중요한 문제일수 있다. '보기 좋은 떡이 먹기에도 좋다.'라는 속담도 있듯이 수많은 제품 중에서 자사의 물품이 소비자의 선택을 받기 위해서는 포장에 신경을 써야 하고 그로 인한 환경오염은 뒷전으로 밀릴 수밖에 없는 것이다. 구매자 또한 마트에 진열되어 있는 수많은 상품 중에서 기왕이면 포장이 잘 되어 있는 제품에 손길이 가게 되는 것이 인지상정인 것이다. 그러나 대수롭지 않게 생각하는 이 과정에 환경오염을 가중시키는 큰 문제가 도사리고 있다.

A라는 주부가 마트에서 쇼핑을 했다고 가정해 보자. 집에 도착하여 짐을 풀면 식재료는 냉장실이나 냉동실로 들어가고 당일 저녁 식사에 쓰일 식재료는 개봉되어 조리대에 오를 것이다. 이때부터 포장재는 지구 환경을 오염시키는 악역 중의 악역으로 돌변하고 만다. 사실 포장재는 물건을 구매할 때 소비자의

시각만 자극할 뿐, 소비자가 물품을 구매하는 순간부터 쓰레기의 운명을 타고난 것이다.

주부가 식재료의 포장을 벗기면 포장재는 바로 쓰레기로 처리된다. 과대 포장이 된 제품은 그만큼 더 많은 쓰레기를 배출하게 되는 셈이다. 아는 사람들은 알지만 우리나라의 쓰레기 재활용률은 약 30% 정도밖에 안 된다. 70% 정도의 쓰레기는 매립되거나 소각된다. 당연히 환경오염의 주범이 된다.

과거 1960~70년대에는 포장재 문제가 심각하지 않았다. 당시에는 포장재로 신문이나 종이류를 많이 사용했다. 현재와 같이 깔끔하고 세련된 포장재는 아니었으나 환경오염의 문제에서 본다면 지금과는 비교할 수 없는 것이었다. 나는 다른 것은 몰라도 제품의 포장재 문제만큼은 당시가 옳았다고 생각한다. 어차피 포장재는 한 번 쓰고 버리는 물건인데 미관상 좋다고 생각하여 재활용도 되지 않는 포장재를 사용하거나 이중으로 과대 포장을 하는 것은 자원의 낭비요, 환경오염을 가중시키는 주범이라고 할 수 있는 것이다.

나는 포장재 문제는 기업과 소비자가 함께 심각하게 고민해야 할 중요한 문제라고 생각한다. 우선 소비자의 인식부터 바뀌어야 한다. 가급적이면 포장이 단순하며 재활용이 가능한 포장재를 사용한 제품을 선호해야 한다. 어차피 중요한 것은 알맹이고 포장재는 일단 구매하고 나면 '쓰레기'라는 인식을 해야 한다.

인류에게 지구는 하나이며 둘일 수 없다. 인류는 지구를 떠나서는 살 수 없는 것이다. 이 소중한 지구를 지키기 위하여 70억 인류는 한 사람, 한 사람이 지구 환경을 지키기 위해 노력해야 한다. 제품 포장재 하나부터 신경 쓰는 기업이 늘어나고 포장이 단순한 제품을 선호하는 소비자가 늘어날 때 지구의 미래는 한 층 밝아질 것이다.

41

흠 있는 인생이 아름답다

태어나서 죽을 때까지 아무런 흠 없이 완벽하게 살다 가는 인생이 과연 있을까? 나는 〈인생 다큐, 마이웨이〉라는 TV 프로그램 50여 편 정도를 시청한 후 '그런 인생은 없다.'라고 단정했다. 해당 프로그램의 속성상 주인공으로 등장하는 인물은 배우·가수 등 주로 연예인들이다. 그러나 나는 연예인들이라고 해서 보통 사람들과는 다른 특별한 인생을 산다고 생각하지는 않으며 그 차이라야 대동소이(大同小異)라고 여긴다. 나는 50여 편의 다큐에 등장하는 다양한 인생들을 보면서 많은 생각을 하게 되었다.

50여 편의 인생 이야기에 등장하는 주인공들은 거의 다 굴곡진 인생을 살아왔다. 나는 〈인생 다큐, 마이웨이〉를 시청하기 전까지는 '아마 내 인생만큼 굴곡진 인생도 없었을 것이다.' 하며 다소 교만한 생각을 했었다. 그러나 타인의 인생 50여 편을 보고 나는 그런 생각을 접었다. 해당 프로그램에는 나보다 훨씬 굴곡지고 힘든 인생을 살아온 분들도 적지 않았다. 나는 그런 분들의 인생을 보고 때로는 눈물을 글썽이기도 했고 어떤 때는 힘차게 박수를 치기도 했다.

비교적 굴곡 없이 순탄하게 살아 온 인생은 나의 관심을 끌지 못했다. 동병상련의 감동을 느끼기도 어렵고 마치 전혀 간이 되지 않은 국이나 찌개를 먹을 때처럼 무미건조함만을 느끼게 되기 때문이었다. 그러나 처절하리만큼 힘들게 인생의 시련과 역경을 헤쳐 온 이야기는 달랐다. 마치 내가 그 드라마의 주인공인 양 안타깝기도 하고, 절박한 마음이 들기도 했다. 며칠을 우려낸 곰탕을 맛보는 것처럼 구수한 인생의 깊이에 숙연해지기도 했다.

나는 사람의 인생은 한 편의 장편 소설과 흡사하다고 본다. 장편 소설의 구성은 '발단-전개-위기-절정-결말'로 이루어져 있다. 사람이 태어나는 것이 발단이라면 결말은 죽음인 것이다. 한 사람의 인간으로 태어나 80~90년을 이 세상에서 살다 가는데 어찌 시련과 역경이 없겠는가!

어떤 사람은 태어난 지 5개월 만에 아버지가 세상을 떠나 아버지 얼굴도 기억하지 못한 채 어머니의 모진 고생과 희생으로 성장한 사람도 있다. 있지도 않은 사건으로 구설수에 놀라 10년 이상 세상과 등지며 살아온 울분의 인생도 있다. 배우자의 잘못된 선택으로 수십억 원의 빚을 지고 수십 년간 그 빚을 대신 갚아 온 비참한 인생도 있다.

나는 이런 인생의 주인공이 시련과 역경을 겪는 장면에서 함께 눈물을 글썽였으며, 불굴의 의지로 그것을 극복했을 때 힘찬 박수를 보냈다. 주인공이 겪은 시련과 역경이 클수록 눈물의 양은 많아졌으며 그것의 극복 장면을 보고 더 힘찬 박수를 보냈다. 50여 편의 〈인생 다큐, 마이웨이〉를 보고 있자니, 교직을 떠나 악전고투하며 살아왔던 지난 19년이 마치 추억의 영화를 상영하는 영사기 필름처럼 돌아간다.

초보 운전에 자영업을 창업하여 초창기에는 주차를 제대로 못 해, 버스를 타고 컴퓨터 수리 출장을 나갔던 모습. 출장을 나가던 길에 운전 미숙으로 동사무소 담벼락을 들이받고 중상을 입을 뻔했던 아찔했던 순간들. 김일성 같은 사장 밑에서 〈실미도〉 같은 직장에서 악착같이 버텼던 2년의 세월. 아침에 일어나 갈 곳이 없어 강변역 시외버스 터미널에서 토스트 한 입 베어 물고 벼룩신문 구인란을 충혈된 눈으로 바라보았던 그 눈물 어린 시간들.

자동차 기름값이 아까워 한겨울에 꽁꽁 얼어버린 얼음 밥을 먹었던 아픈 기억. 수필가 등단을 하려고 한여름 35도의 폭염과 한겨울 영하 10도의 한파를 견디며 읽었던 신문, 신문들. 바람 한 점 들어오지 않는 좁디좁은 경비실 내실에서 샤워도 하지 못한 채 땀에 젖은 근무복을 입고 회전도 되지 않는 고장 난 선풍기 한 대에 의지해 유난히도 더웠던 여름을 났던 기억들.

나는 아직 내가 원하는 상태에 이르진 못했지만 50여 편의 인생 드라마를 보면서 언젠가는 나도 내가 원하는 곳에 갈 수 있으리라 확신한다. '흠 있는 인생이 아름답다.' 비록 시련과 역경은 잔인하고 힘들지만, 그것을 이겨낸 뒤에 맛보는 기쁨은 그 무엇보다 클 것이요, 그것은 나중에 많은 사람들로부터 기립 박수를 받을 것이기 때문이다.

42

글과 음식

우리는 흔히 '맛집'이라 하면 점심시간에 사람들이 길게 줄 서서 차례를 기다려 식사하는 집을 떠올리게 된다. 직장인들이 1시간도 안 되는 짧은 점심시간에 굳이 줄까지 서 가며 특정 음식점에서 식사하는 이유는 과연 무엇일까? 사무실이 밀집해 있는 도심 지역엔 한 집 건너 음식점이 있다고 하는데 줄 서서 먹는 집에는 분명히 그 이유가 있을 것이다.

글이 모여 만들어진 책도 마찬가지다. 연간 발행되는 도서의 총수가 수만 종에 이른다. 하지만 1년에 1만 부 이상 판매되는 도서는 100종이 채 안 된다고 한다. 거의 수만 종의 도서가 1년에 1만 부도 판매되지 않는 것이다. 물론 판매 부수만으로 글의 가치를 전적으로 가늠할 수는 없지만, 독자가 없는 작가는 생각하기 어려우므로 많은 독자의 선택을 받은 작가는 행복한 사람이라 아니할 수 없다. 이런 면에서 글과 음식은 닮은 점이 많다. 나는 음식 조리에는 조예가 없지만 사람들이 줄 서서 먹는 맛집의 음식에는 사람들을 사로잡는 '무언가'가 반드시 있다고 본다. 그리고 그 시작은 신선한 식재료라고 생각한다.

언젠가 TV를 통하여 맛집에 관하여 다룬 프로그램을 본 적이 있다. 맛집의 하루 일상을 다룬 다큐 프로그램이었는데, 일과의 시작은 역시 '싱싱한 식재료'를 구입하는 것이었다. 해당 음식점의 사장은 매일 새벽에 일어나 손수 거래처를 방문하여 식재료의 신선도를 확인한 후 구입하는 것이었다. 식재료가 신선하지 않으면 아무리 요리 실력이 뛰어나다 해도 좋은 음식이 만들어지기는 어려운 것이다.

글도 마찬가지다. 독자의 사랑을 받는 글을 쓰기 위해서는 작가의 다양한 인생 체험이 필요하다. 작가가 운이 좋아 굴곡 없이 평탄한 인생을 살아왔다면 일부러도 험한 삶의 현장에 뛰어들어 부딪쳐 볼 필요가 있는 것이다. 독자들은 작가가 쓴 글에서 감동을 받고 공감할 수 있을 때 찬사를 보내고 구매를 하는 것이지, 인생의 굴곡이란 모르고 별천지 같은 곳에서 살아온 사람의 이야기에 관심을 가지는 독자는 없다.

사람들이 줄 서서 기다려서 먹는 맛집의 주인이 되기 위해서는 신선한 식재료만 가지고는 안 된다. 거기에는 주인의 '정성'이 들어가야 하는 것이다. 물론 맛집의 자격을 갖추기 위해서는 오랜 기간의 노하우도 있어야 하겠지만 변함없는 '정성'이 있어야 맛집으로 장수할 수 있는 것이다.

글도 마찬가지다. 다양하고 굴곡진 인생 체험만 가지고 있다고 해서 독자의 사랑을 받는 작가가 되기는 어려운 것이다. 그것을 문장으로 만들고 한 권의 책으로 완성하기 위해서는 각고의 노력과 정성이 필요한 것이다.

간혹 보면 '글 내용만 좋으면 되지, 맞춤법이나 문장의 호응, 문단 구성 등이 뭐가 중요하냐?'라며 무시하는 사람들이 있다. 나는 이런 사람들은 작가가 되기는커녕 글을 쓸 자격이 없는 사람들이라고 본다. 글은 자신의 생각만을 풀어 놓는다고 완성되는 것이 아니다.

가령 수필을 한 편 쓴다고 가정해 보자. 수필 쓰기를 쉽게 생각하는 사람들은 수필을 '무형식의 글', '붓 가는 대로 쓰는 글'이라고 하여 쉬운 글로 생각하는 경향이 있다. 그러나 수필가들은 알지만 수필을 제대로 알면 수필만큼 어려운 장르도 없는 것이다. 글감의 선택부터 시작하여 정해진 분량에 서두, 본문, 결말을 적정하게 구성하여 군더더기 없는 한 편의 수필을 완성하기란 결코 쉬운 일이 아니다.

사람들이 줄 서서 기다려서 먹는 맛집의 음식에는 싱싱한 식재료에 주인장의 오랜 노하우와 지나칠 정도의 수고로움에 정성이 가미되어 손님의 입맛을 사로잡는 음식이 완성되는 것이다. 맛집의 사장은 음식을 담는 식기에도 신경을 쓴다고 한다.

좋은 글을 쓰려면 인생 체험부터 시작하여 초심자의 경우에는 문장 작법이나 맞춤법 등의 공부에도 게으름이 없어야 할 것이다. 그리고 독자에게 감동과 공감을 불러일으키는 문장을 쓰고 그것을 한 편의 글로 완성하기 위해서는 수많은 노력과 고민이 있어야 한다는 것을 잊지 말아야 할 것이다.

43

버리는 음식

언제부턴가 우리는 음식이나 식재료를 버리는 일에 무감각해진 것 같다. 점심 식사를 하러 음식점에 가보면 음식을 적잖이 남기는 사람들을 쉽게 볼 수 있으며, '반찬은 셀프 서비스'라는 글귀를 잘못 인식하여 너무 많은 반찬을 접시에 담았다가 절반도 먹지 않고 남기고 가는 사람도 쉽게 볼 수 있다. 아파트마다 설치되어 있는 음식물 쓰레기통에는 충동구매로 구입하여 유통기한이 지난 식재료가 통째로 버려져 있다.

나는 음식 쓰레기나 식재료를 버리는 일에 상당히 엄격한 편이다. 아파트 경비원으로 일하고 있는 나는, 근무 특성상 일하는 날은 도시락 두 개를 준비해야 하는데, 이틀에 한 번꼴로 하는 일이지만 매번 고민에 빠진다. 그것은 다름이 아니라 반찬통에 반찬을 담으면서 '이 반찬을 남기지 않고 다 먹을 수 있을까?' 하는 고민이다. 나름대로 잘 가늠하여 반찬을 챙기지만 다음 날 설거지를 할 때면 아쉬운 마음이 들 때가 있다. 때때로 남긴 반찬의 양이 20%에 육박할 때가 있기 때문이다. 이럴 때는 '내일 아침에 반찬을 챙길 때는 좀 더 주의해야지.' 하고 생각해 본다.

퇴근 후 먹는 아침 식사엔 남기는 음식이 거의 없다. 전날 이른 저녁 식사를 해서 허기진 탓도 있겠지만, 식사 시간에 여유도 있고 밥상 위의 반찬이 그대로 보이는 덕분에 남기는 반찬은 차린 음식의 5% 내외다. 이런 날은 기분도 좋고 마음도 상쾌하다. 보너스로 몸도 건강해지는 느낌이 든다.

이 글을 읽는 독자 중에는 '음식 남기는 것에 대하여 너무 지나친 생각을 하는 것은 아닌가?'라고 반문할지 모른다. 물론 그렇게 생각할 수도 있다. 그러나 버리는 음식은 개인이나 음식점 하나로 보면 적은 양일지 모르나 우리나라 전체, 세계 전체로 확대해 보면 그 양은 천문학적인 수치가 되는 것이다. 우리가 북극의 빙산이 녹고 기후 변화가 심해지는 것에는 우려를 표시하지만 그것의 중요한 원인 중의 하나인 음식 쓰레기 문제에는 많이 둔감한 것이다.

그러면 어떻게 해야 음식 쓰레기를 줄일 수 있을까? 거창하고 어려워 보이지만 사실은 몇 가지만 실천하면 되는 간단한 문제다.

우선 불필요한 식재료는 구입하지 말아야 한다. 맞벌이가 일상화된 대부분의 현대 가정에서는 일주일에 한 번 마트에 가서

장을 보는 부부들이 많다. 불필요한 식재료를 사지 말아야 하지만 이것보다 선행되어야 하는 일이 있다. 마트로 출발하기 전에 냉장고에 남아 있는 식재료부터 점검하는 일이다. 많은 가정의 냉장고에는(주로 냉동실) 예전에 구입한 식재료가 그대로 남아있는 경우가 많다. 이것을 먼저 확인하여 유통기한이 지나기 전에 음식 조리에 사용하고 부족한 나머지 식재료만 메모하여 구입하면 되는 것이다. 음식물 쓰레기통에 식재료를 통째로 버리는 주부는 냉장고에 있는 기존에 구입했던 식재료를 확인하지 않고 방치했다가, 뒤늦게 유통기한이 지났음을 확인하고 내다 버린 경우가 대부분이다.

둘째, 이미 만들어 놓은 기존의 반찬을 수시로 점검해야 한다. 특히 손이 큰 주부(음식 장만을 지나치게 넉넉하게 하는 주부)와 편식을 하는 가정에서는 더욱 주의해야 한다. 한 번에 지나치게 많은 양의 반찬을 준비하고 좋아하는 반찬만 편식하게 되면 버리는 반찬이 많아지게 되는 것은 불문가지(不問可知)다. 반찬 가짓수나 용량을 수시로 점검하고 확인해야 한다.

끝으로 '한 끼 식사에는 필요한 만큼의 반찬만 섭취하라'는 것이다. 모든 반찬은 한 번 식기에 덜어서 공기 중에 노출되면 재사용하지 않는 것이 좋다. 그러므로 냉장고에서 꺼내 반찬 접시에 담을 때부터 먹을 만큼만 덜어서 담는 것이 중요한 것이다. 이렇게 하면 불필요한 반찬 낭비도 막을 수 있고 위생상으로도 안전하여 건강에도 도움이 된다. 식재료 구입비도 아끼고 건강에도 도움이 되며 지구 환경을 보존하는 일은 우리가 조금만 더 생각하고 실천하면 누구나 할 수 있는 일인 것이다.

44

견주(犬主) 자격증

언제부턴가 '애견 인구 천만 명 시대'라는 말이 들린다. 우리나라 인구를 약 5천만 명으로 보면 인구 다섯 명당 한 명은 개를 키우고 있다는 얘기다. 언제부터 우리나라의 애견 인구가 이렇게 많아졌는지 알 수는 없으나, 집 밖만 나가면 개를 동반한 사람들을 쉽게 만날 수 있으니 '애견 인구 천만 명'이 틀린 말은 아닌 듯싶다. 나는 개를 키우는 것에 대해서나 견주들에 대해 나쁜 감정은 없다. 일종의 개인 취미 생활 같은 것이고, 동물을 키우는 것이 잘못은 아니기 때문이다. 그러나 문제는 개를 키우는 사람들 때문에 겪는 비애견인(?)의 피해에 있다.

아파트 경비원으로 일하다 보면 개를 동반하고 외출에 나선 견주들을 종종 보게 된다. 거의 대부분의 사람들이 개의 목줄을 채우고 애견 관리를 잘하고 있다. 그러나 일부 견주들의 잘못된 애견 관리로 눈살을 찌푸리게 되는 때도 있다.

담당 구역 청소를 하다 보면 간혹 개의 분변을 인도에서 목격하는 경우가 있다. 이때는 경비원의 입장에서도 상당히 마음이 상한다. 개를 동반하고 외출을 할 때는 반드시 배변 봉투를 챙기는 것이 기본 상식인데, 아무 준비 없이 나섰다가 개가 인도에서 배변을 하도록 방치한 것이다. 개의 분변은 다른 입주민들에게 피해가 가지 않도록 발견 즉시 치우지만 분변의 주인공인 개의 주인은 '개를 키울 자격'이 없다고 생각하게 되는 것이다.

어떤 개는 경비원이나 입주민을 보고 마구 짖어대는 경우도 있다. 물론 개의 본성이 낯선 사람을 보면 짖어 댄다는 것을 모르는 바는 아니지만, 어떤 때는 경비원인 나도 깜짝 놀랄 때가 있다. 이때는 견주가 개를 통제하여 타인에게 최대한 피해가 가지 않도록 해야 한다. 그러나 의외로 많은 견주들이 "개가 짖는 거야 당연한 것 아니냐?"라며 무덤덤하게 지나치곤 한다. 나는 이런 사람들 또한 견주로서 자격이 없다고 생각한다.

어떤 견주는 개를 너무 사랑해서인지는 몰라도 품속에 개를 넣고 다니는 경우도 있다. 나는 그런 견주를 보면 걱정부터 앞선다. '개는 짐승인데, 병균이 옮을 수도 있을 텐데 괜찮을까?'라고 말이다. 물론 비애견인의 입장에서 보면 미관상으로도 안 좋다.

내가 유년 시절을 보냈던 1960~70년대에도 적지 않은 집에서 개를 키웠다. 그 당시에 키웠던 개는 요즘과 같은 애견의 의미보다는 '집 지키는 개'로서의 목적이 강했다. 그리고 당시의 가옥 구조는 대부분이 단독주택이었기에 개를 키우는 데 별 문제가 없었다. 개를 키우는 가정에서는 마당 한 귀퉁이에 개집을 마련하고 개를 키웠던 것이다.

지금 생각해 보면 당시에도 '문제 있는' 견주들이 있었다. 그것은 바로 개를 묶어두지 않고 풀어둔 사람들이었다. 아마 그런 견주들은 개는 '회귀 본능'이 있기 때문에 풀어놓아도 때가 되면 집으로 돌아온다고 생각했는지는 몰라도, 그런 방랑견(?) 때문에 개에 물리는 경우가 한두 번이 아니었다. 당시에 개에 물리면 어머니가 물린 부위에 '된장'을 발라주시던 기억이 지금도 난다.

지금에는 상상할 수도 없는 일이지만 당시에는 동네에서 무단으로 개를 도살하는 일도 있었다. 개를 묶어놓고 장정 몇 명이 개를 폭행하여 죽인 후 영양탕으로 먹는 일이었다. 오늘날의 기준에서 보면 그런 사람들은 몰지각한 견주를 떠나 '미개인'과 같은 사람들이 아니었나 하는 생각이 든다.

예전에 어느 라디오 방송 프로그램에서 '일본인'과 '한국인'을 비교하며 오간 말이 기억이 난다. 일본인은 타인에게 피해를 주는 것에 대해 대단히 예민하고 학교에서도 그것에 대해 철저히 교육한다는 것이었다. 상대적으로 한국인은 타인에게 피해를 주는 것에 대해 둔감하다는 것이었다. 당시 나는 한국인으로서 부끄럽다는 생각이 들었다.

'좋아하는 것'과 '남에게 피해를 주는 것'은 전혀 별개의 문제다. 내가 아무리 좋아하더라도 그것으로 인해 남에게 피해를 주

어서는 안 되는 것이다. 다소 지나친 생각일지는 모르나 '개를
키우는 견주에게 견주 자격증을 발급하면 어떨까?'라고 생각하
며 쓴웃음 한 번 지어본다.

45

일회용품이 편리하긴 하지만

아파트 경비원 일을 하다 보니 격주에 한 번씩 재활용 분리수거 작업을 한다. 내가 근무하는 아파트는 매주 수요일 분리수거를 한다. 비교적 작은 규모의 단지이나 배출되는 쓰레기의 양은 만만치 않다. 비닐의 경우 대형 투명 마대로 약 12~14개 정도가 배출되며, 플라스틱의 경우 800kg짜리 대형 항공마대로 8~9개가 배출된다. 다른 아파트 단지와 비교해보지 않아서 상대적으로 많고 적은지는 알 수 없으나 대충 눈대중으로 보아도 상당히 많은 양임에는 분명하다.

분리수거를 담당하는 내 입장에서 눈에 거슬리는 것은, 타인에 비해 상대적으로 불필요한 쓰레기를 많이 배출하는 입주민이다. 우선 눈에 띄는 것은 과도한 분량의 플라스틱 생수병이다. 어떤 입주민은 한 번에 50~60개의 생수병을 배출하는 것을 보았다. 이 정도의 분량이면 가정에 정수기가 없고 배달 생수만으로 일주일 식수를 해결하는 것으로 짐작이 된다. 개인적인 라이프 스타일이 다르고 생각의 차이가 있겠으나 내 생각으로는 식수를 해결하기 위하여 이 정도 분량의 생수를 배달시킬 바에는 아예 정수기를 렌털하는 것이 훨씬 경제적이지 않을까 하는 생각이 든다. 정수기를 사용하면 경제적으로도 이득이 되고 플라스틱 생수통 대신 가정용 물 컵을 사용하면 되어 쓰레기 배출량이 대폭 줄어들 텐데 말이다.

언제부턴가 우후죽순 생겨난 커피전문점도 쓰레기 배출과 관련하여 큰 문제라고 생각한다. 커피전문점에서는 주로 플라스틱 일회용 컵을 사용하는데 커피 한 잔을 마시기 위하여 전국적으로 버려지는 플라스틱 컵은 어마어마한 분량일 것이라고 생각한다. 현명한 고객 중엔 다회용 머그컵을 사용하기도 한다지만 아직은 그 숫자가 미미한 수준이라고 하니 안타까운 일이다.

물품의 과대 포장도 큰 문제다. 제품을 만들어 파는 업체의 입장에서 보면 기왕이면 포장이 근사해야 소비자의 선택을 받을 가능성이 커지니 경쟁적으로 제품의 포장에 신경을 쓴다. 그러나 그로 인해 빚어지는 과대 포장의 문제는 환경적으로 볼 때 간단한 문제는 아닌 것이다. 포장재를 소비할 수는 없으므로 과대한 포장은 쓰레기를 양산할 뿐이다.

과거에 비해 우리는 너무나도 많은 포장재에 노출되어 살고 있다. 실제 물건을 구매할 때 포장재에 관심을 갖는 소비자는 거의 없으며, 포장은 '뜯어서 버리면 된다'라는 어리석은 생각에 갇혀 있는 사람들이 의외로 많다. 아파트 재활용 분리수거하는 날에 쓰레기를 내놓는 입주민들은 분리수거만 잘하면 자원으로 재활용된다고 생각하겠지만, 유감스럽게도 우리나라의 쓰레기 재활용 비율은 20~30%에 불과하다. 70~80%의 쓰레기는 재활용되지 못하고 매립되거나 자연을 훼손하는 각종 오염원으로 버려지는 것이다. 이와 같은 현실을 안다면 결국은 포장재를 줄이고 쓰레기 배출량을 줄이는 것만이 해결 방안이 될 것이다.

우리는 언제부턴가 일회용품의 편리함에 익숙해져 있다. 일회용품이 사실상 편리하기는 하다. 설거지할 필요도 없고 세탁할 필요도 없다. 그냥 한 번 쓰고 버리면 그만인 것이다. 그러나 우리는 그 편리함 속에 도사린 무서움을 간과하고 있는 것이다. 우리는 지구 온난화를 걱정하고 각종 기상 이변을 두려워한다. 그러나 이제는 그런 것들이 어디에서 비롯되었는지 심각하게 고민해 볼 때가 되었다.

내 기억에 40~50년 전엔 지금과 같은 지구 온난화가 없었으며 기상 이변도 거의 없었다. 거기에는 여러 가지 이유가 있겠으나, 나는 주된 이유 중의 하나가 '일회용품의 사용'이라고 생각한다. 옛날과 현재를 비교해 보면 일회용품의 사용량은 가히 하늘과 땅 차이라고 해도 과언이 아니다.

우리는 이제 과도한 일회용품의 사용으로 서서히 망가져 가는 지구를 걱정해야 한다. 일회용품의 사용이 편리하기는 하지만 그 편리함으로 망가져 가는 지구를 생각하지 않는다면, 지구 온난화와 기상 이변은 더 무서운 속도로 인류의 생존을 위협하게 될 것이다.

제4부

46

코로나가 가르쳐 준 일상의 행복

금년 2월경부터 시작된 코로나는 우리의 일상을 완전히 바꾸어 놓았다. 거리에 나가면 거의 모든 사람들이 얼굴에 마스크를 착용하고 있다. 식당에서는 식사할 때만 마스크를 벗을 뿐, 그외의 시간에는 마스크를 착용하는 것이 일상이 되었다. 코로나가 창궐하기 전, 사람들이 마스크를 착용하는 경우는 미세 먼지가 심하거나 본인이 감기나 독감에 걸린 때 정도였다. 그러나이제 밖에서 마스크를 착용하지 않은 사람을 찾아보기 힘들게 되었다. 예전에는 일상이 아니라고 생각한 일이 어느덧 일상이 되어 버린 것이다.

많은 사람들이 코로나가 하루빨리 종식되기를 바라면서, 코로나가 없었던 옛날을 그리워한다. 그렇다면 예전에 마스크를 착용하지 않았을 때는 그것에 대해 고마움을 느꼈을까? 유감스럽게도 이 질문에 대한 대답은 '아니오'다. 비단 마스크 착용으로 잃어버린 예전의 일상만이 아니다. 우리는 대체로 어떤 것을 누리고 있을 때는 그것에 대한 고마움을 느끼지 못하는 경우가 많다.

대표적인 것이 물과 공기다. 물과 공기는 인간의 생존에 필수적인 것이다. 그러나 우리는 그것들에 대해 고마움을 느끼지 않는다. 만약에 깨끗한 물과 공기가 귀해진다면 어떻게 될까? 너도나도 비싼 돈을 지불하더라도 깨끗한 물과 공기를 사서 마시려 할 것이다.

건강한 신체도 마찬가지다. '건강은 건강할 때 지켜라.'라는 명언이 있지만, 건강할 때 건강의 소중함을 아는 사람은 백 명 중한 명도 되지 않는다. 거의 대부분의 사람들이 건강을 잃고 나서 그것의 소중함을 알고 뒤늦게 건강을 챙긴다.

우리가 거주하는 집도 그렇다. 우리는 하루에 절반 정도를 집에서 보낸다. 집은 추위와 더위로부터 우리를 보호해 주고 식사를 하고 여가를 보내고 휴식을 취하는 소중한 곳이다. 그러나 집에 대해 고마움을 느끼는 사람은 극히 드물다.

우리가 먹는 하루 세 끼 식사도 소중한 일상이다. 인간은 하루에 세 끼 식사를 하기 때문에 건강을 유지할 수 있다. 그만큼 소중한 일상인 것이다. 그러나 우리는 평소에 세 끼 식사에 대한 고마움을 느끼지 못한다. 아침 식사를 거르고 다이어트한다고 식사를 거른다. 참으로 일상의 소중함을 모르는 오만한 행동이 아닐 수 없다.

우리의 생계를 지켜주는 직장 또한 소중한 일상이다. 아침에 일어나 직장에 출근하며 행복감을 느끼는 사람은 거의 없다. 오히려 가기 싫은 곳을 마지못해 출근한다고 생각하는 사람들이 많다. 그러나 실직을 하여 직장을 잃었다고 생각해 보라. 아침에 일어나 나갈 곳이 없는 것은 물론 수입이 끊겨 당장 생계 곤란의 압박에 시달리게 될 것이다.

가족 또한 소중한 일상이다. 가족이 소중하다고 생각하지 않는 사람은 거의 없으나 역설적이게도 그 소중함을 잊고 지내는 사람들도 많다. 그러다가 가족 중 누가 아프거나, 불행하게도 누군가가 죽음을 맞이하면 그때 비로소 가족의 소중함을 느끼는 사람들도 있다. 우리는 부모·자식·형제가 온전히 있는 것을 당연하게 생각할지 모르나 우리 주변에는 부모가 없거나 자식·형제가 없는 사람들이 생각보다 많다.

주말에 보내는 여가 시간도 소중한 일상이다. 여가 시간은 주중에 쌓인 피로를 풀고 다음 한 주를 준비하는 매우 소중한 시간이다. 우리에게 여가 시간이 없다면 마치 쉼 없이 돌아가는 기계처럼 방전되거나 고장 나는 운명을 맞이하게 될 것이다.

우리가 소중하게 생각해야 할 일상은 이외에도 많이 있다. 코로나로 많은 사람들이 힘들어하고 답답해하지만, 코로나로 많은 사람들이 잊고 있었던 일상의 소중함을 깨닫는 기회를 얻게 되었다고 볼 수도 있다. 우리가 누리는 일상은 당연한 것이 아니다. 우리가 마스크를 착용하지 않았던 옛날을 그리워하듯, 우리가 지금 누리는 일상의 소중함을 잊지 않는다면 우리는 소중한 일상을 계속 누리게 됨은 물론 그것에 대해 감사함을 느끼는 의미 있는 시간들을 갖게 될 것이다.

47

세대 갈등을 넘어 서로 소통하려면

언제부턴가 우리나라에선 세대 갈등으로 인한 사회 문제가 심심치 않게 매스컴을 통하여 보도되고 있다. 놀이터에서 담배를 피우는 청소년에게 50대 아저씨가 훈계를 했다가 봉변을 당하기도 하고, 마스크를 착용하지 않고 버스에 승차한 50대 아저씨에게 20대 청년이 마스크 착용을 요구했다가 폭행을 당하기도 한다. 상식적으로 이해할 수 없는 이런 일들이 왜 일어나는 것일까?

일반적으로 한 '세대'라 하면 보통 30년 정도를 의미한다. 부모와 자식 간의 나이 차이가 보통 30년쯤 되므로 '세대 차이'라 하면 일반적으로 '부모 세대와 자식 세대 간에서 느끼는 의식의 차이' 정도로 규정할 수 있겠다. 사람은 누구나 태어나면 유년기-청소년기-장년기-중년기를 거쳐 노년에 이른다. 현재 노인인 분들도 청소년기가 있었으며 중년인 분들도 청소년기가 있었다. 반대로 시간은 단 1초도 정지해 있지 않으므로 현재의 10대나 20대도 언젠가는 중년이 되고 노인이 될 것이다. 그런데 왜 '세대 갈등'이 일어나는 것일까?

여러 가지 원인이 있을 수 있겠으나 그중 단연 으뜸은 '역지사지(易地思之)의 부재'일 것이다. 현재 50대인 중년 분들도 한때는 청소년이었다. 그리고 당시 그들의 부모 세대는 자식 세대를 이해하지 못했을 것이다. 현재 80대인 분들은 지금의 중년 세대보다 훨씬 더 고루하고 보수적인 세대였기 때문에 당시 청소년과 소통한다는 것은 거의 불가능에 가까웠을 것이다.

당시에는 부모가 명령하면 따르던 시대였고 오늘날과 같은 핵가족이 아니라 3대가 모여 사는 집들도 많았다. 동네에는 동네 어른이 있어서 버릇없는 아이들이 있으면 꾸짖고 아이들은 그것을 따르던 시대였다. 그러나 지금은 어떤가?

옛날과 비교하면 모든 것이 너무도 많이 바뀌었다. 대가족은 핵가족으로 바뀌었으며 아파트가 거주 형태의 중심이 되면서 동네 어른은 사라졌다. 각 가정마다 컴퓨터가 있고 인터넷망이 갖추어졌으며 초등학생도 스마트폰을 가지고 있다.

이렇게 급속도로 변해가는 세상에서 부모 세대와 자식 세대는 상대방의 입장을 먼저 생각해 보는 '역지사지의 마음'을 갖지 않으면 세대 갈등의 문제는 자칫 풀기 어려운 사회 문제가 될 수도 있다. 부모 세대는 현재의 10대나 20대에 대하여 이해하려는 노력을 해야 하고 10대나 20대 또한 입장을 바꾸어 부모 세대를 이해하려는 노력을 해야 한다. 세대 갈등이 해결되면 사회는 더 밝고 건전해진다.

인생은 미리 살아볼 수 없으므로 현재의 10대나 20대의 입장에서 보면 부모 세대는 '살아 있는 인생 교과서'다. 물론 부모 세대와 자식 세대가 살아가는 시대는 다르지만 인생을 살아가는 원리는 대동소이(大同小異)한 것이다. 잘만 하면 공짜로 인생 강연을 듣고 그 얘기를 나침반 삼아 인생행로를 바로잡고 시행착오를 줄일 수 있으니 좋은 것이다.

부모 세대는 10대나 20대인 자식 세대를 통하여 자칫 중년 세대가 잃어버릴 수 있는 시대감각을 배우고 시대에 뒤떨어지지 않는 동력을 얻을 수 있다. 내 경우에도 주로 딸들이 옷을 사주는데 젊은 감각으로 옷을 골라주니 세련되어 보이고 마음까지 밝아지는 것 같아 좋다.

부모 세대와 자식 세대는 서로 갈등하고 대립하는 관계가 아니라 서로 이해하고 배려하는 관계가 되어야 한다. 아직 우리나라에서는 보기 힘들지만 청소년과 청년들이 중년·노년들과 함께 대화하고 놀이 문화를 즐기게 된다면 얼마나 보기 좋고 바람직할까 싶다. 문화와 전통이라는 것은 세대와 세대가 이어지며 갈고 다듬어지는 일인 것이다.

나이 든 세대는 인생 경험과 노하우를 젊은 세대에 전수해 주어 그들이 더 행복하고 보람찬 인생을 살도록 돕고, 젊은 세대와 어울려 그들의 생각을 이해하고 공감한다면 그만큼 더 인생을 젊게 사는 것이 아니겠는가! 모든 갈등의 해법은 역시 '역지사지'인 것이다.

48

영상이 따라올 수 없는 활자의 위대함

스마트폰 사용이 일상화되면서 사람들은 하루 일과 중 많은 시간을 스마트폰과 함께 보낸다. 그리고 그 스마트폰 화면의 대부분을 차지하는 것은 바로 '영상'이다. 이 영상 화면은 스마트폰에 그치지 않는다. 컴퓨터 모니터 화면에서 보는 것도 영상 위주요, TV 화면은 모두가 영상이다. 현대인은 아침에 눈을 뜨면 하루 종일 '영상의 홍수' 속에서 지낸다 해도 과언이 아니다.

내가 대학을 다녔던 1980년대만 해도 지하철을 타면 신문이나 책을 보는 사람들을 많이 볼 수 있었다. 물론 당시에는 휴대폰이라는 것이 없던 시절이었으니 지금과는 많이 달랐지만 오늘날에는 상상할 수 없는 풍경이 그 당시에는 존재했었던 것이다. 그러나 2020년 현재 지하철에서 신문이나 책을 보는 사람은 정말 찾아보기 힘들다.

나는 스마트폰으로 영상을 보는 사람들을 탓할 마음은 없다. 어차피 사람은 자기가 좋아하는 것을 찾기 마련이고 그것에 대해 시비를 가리는 것은 무의미한 일이기 때문이다. 그리고 '스마트폰으로 신문 기사도 검색해서 볼 수 있고 전자책으로 글도 읽을 수 있는데, 꼭 종이 신문을 읽고 종이책을 읽어야 하느냐?'라고 누군가가 반문한다면 나 또한 대답이 궁색해질 수밖에 없다. 한때 디지털 전자책이 나오면 종이책은 사라질 것이라고 누군가가 예언한 적이 있었다. 그러나 먼 미래에는 종이책이 사라질지도 모르지만 나는 '활자 매체'가 사라지는 것은 불가능한 일이라고 본다.

나도 간혹, 필요한 경우 '유튜브'를 통하여 보고 싶은 동영상을 찾아서 본다. 확실히 '영상'은 시청자의 눈길을 사로잡는 '강력한 힘'이 있다. 그 현란한 색상하며 생생한 사운드는 시청하는 동안 눈과 귀를 사로잡으며 빠져들게 만든다. 적어도 그 동영상을 보고 있는 시간만큼은 흑백으로 된 활자는 감히 따라올 수 없는 엄청난 '파워'가 있는 것이다.

그러나 타임 라인의 시간이 모두 끝나고 동영상이 종료되면 남는 것은 거의 없다. 그야말로 '일회성의 즐길 거리' 그 이상도 이하도 아닌 것이다. 마치 인스턴트 음식처럼 먹을 때는 맛이 좋으나 건강에는 거의 도움이 되지 않는 것이다. 이에 비해 활자로 된 책은 보기에는 지루하다. 특히 종이책을 읽으려면 책상에 앉아야 하고 조명을 밝혀야 한다. 누워서도 볼 수 있는 스마트폰에 비해 여간 불편한 것이 아니다. 영상을 볼 때처럼 현란한 색채가 있는 것도 아니고 생동감 있는 사운드가 있는 것도 아니다. 자칫 긴 분량의 글을 읽게 되면 '졸음'이라는 불청객이 찾아오기도 한다. 그러나 책에는 동영상은 감히 범접할 수 없는 고유의 영역이 있다. 영상은 그것이 끝남과 동시에 우리의 뇌에서도 '셧다운'이 일어나지만 책은 전혀 다르다. 책장을 덮으면 그때부터 책에서 보았던 내용이 뇌에서 '2차적 재생'이 일어나기 때문이다. 이것이 '활자의 힘'이다.

우리가 보는 영상은 대부분 그 영상을 만들기 위한 '대본'이 존재한다. 촬영을 하기 위해서는 '촬영 계획'이 있어야 하고 '대본'이 있어야 제대로 된 영상을 촬영할 수 있는 것이다. TV 드라마 또한 마찬가지다. 한 편의 드라마 촬영을 위해 반드시 필요한 것이 바로 대본이다. 어떤 배우는 하도 대본을 들고 연습을 많이 해서 그 대본이 너덜너덜해질 때까지 보고 또 본다고 한다. 이 대본은 활자로 이루어져 있다. '대본을 외운다'라는 말은 있어도 '영상을 외운다'라는 말은 존재하지 않는다.

우리가 영상을 보면 재생 시간이 끝남과 동시에 감동도 모두 사라지지만 책을 통해서 느낀 감동은 쉽게 사라지지 않는다. 우리는 책에서 읽은 내용을 반추하여 사색의 강을 건너고 상상의 날개를 펴게 되는 것이다. 이로써 지혜가 생기고 감수성이 촉촉해지는 것이다. 서점에 가서 책을 한 권 사서 책상 위에 펼쳐 보자. 아니면 책장 한구석에 꽂혀 있던 책을 꺼내어 펼쳐보자. 영상을 볼 때와는 비교할 수 없는 새로운 세계가 열릴 것이다.

49

아파트 경비원

2015년 11월 1일, 나는 5년 7개월 근무한 J교육 학습지 교사를 그만두었다. 당시 나는 보다 나은 처우를 기대하고 J교육 하남지점으로 이직을 하려고 했었다. 그러나 그 계획은 하남지점을 방문한 바로 첫날 틀어지고 말았다.

당시 우리 집의 가정 경제는 말이 아니었다. 아버지의 도움으로 부도 위기를 간신히 틀어막고 버텨나가는 중이었다. 보다 나은 삶을 기대하고 추진했던 이직이 무너지자 삶은 다시 알 수 없는 수렁으로 빠져들었다. 당시 내 나이 이미 54세. 대한민국 남자로서 특별한 기술과 경력 없이 50대에 재취업하기란 낙타가 바늘구멍을 통과하는 것처럼 어려운 것이었다. 다시 가정 경제 부도 위기의 타이머가 작동하기 시작했다. 일단 하남시 일자리 센터에 구직 등록을 해놓고 일자리를 알아보았으나, 당시에 재취업은 큰 산이 내 앞에 버티고 있는 것처럼 어려운 것이었다.

그로부터 피가 마르는 4개월이 지나갔다. 3월 둘째 주 금요일, 나는 거의 자포자기의 심정으로 점심 후 북촌마을을 찾았다. '이제는 더 이상 버틸 수 없이 나와 우리 가족의 인생이 여기서 끝나는가!' 설움이 밀려오며 목에서 뜨거운 것이 올라왔다.

전쟁에서 대패한 패잔병의 심정으로 집으로 돌아오는 길이었다. 집 도착을 약 500미터쯤 남겨놓고 한 통의 문자 메시지가 울렸다. '서울 ××동 아파트 경비원 모집.' 아파트 경비원 취업은 생각도 못 했으나 이미 찬 밥, 더운 밥을 가릴 상황이 아니었다. 바로 다음 주 월요일 나는 관리사무소에 이력서를 제출했고 당일 취업이 되어 수요일부터 근무를 시작했다.

아파트 경비원 일은 처음 하는지라 생소했다. 그저 아는 것이라곤 이 일을 하는 사람들이 대부분 노인들이고 학력이 낮다는 사실뿐이었다. 당시 내가 근무했던 아파트는 35년쯤 된 낡은 아파트였다. 동마다 경비실이 있는 구조였고 특이하게도 1층 가운데에 경비실이 있었다. 처음 한 달 정도는 창피해서 제대로 고개도 못 들고 다녔다. 혹시 아는 친구라도 만날지 모른다는 자격지심 때문이었다. 그렇게 3개월의 수습 기간이 끝나고 6개월이 자나면서부터는 어느 정도 업무에도 익숙해지게 되었다.

아파트 경비원 업무를 잘 모르는 사람들은 이 일이 힘들지 않다고 생각한다. 심지어 어떤 사람들은 하루 일하고 하루 쉬니 근무 여건이 나쁘지 않다고 말한다. 그러나 근무하는 전날엔 밤

9시면 수면에 들어가야 하고, 근무 당일엔 새벽 4시에 일어나야한다. 근무일에는 보통 18시간(휴게 시간 2시간 포함)을 근무해야한다. 하루에 이틀 치를 근무하는 셈이다. 그리고 한 달에 15일은 숙직을 해야 한다. 결코 만만한 직업이 아닌 것이다.

근무 여건도 열악하다. 하루 근무 중 가장 긴 시간을 비좁은경비실에서 보내야 하며 숙식을 해결하는 공간도 열악하다. 입주민들이 보기엔 아파트 경비원이 초소에만 앉아 있는 것 같지만 천만의 말씀이다.

기본적으로 계단 순찰, 지하 주차장 순찰에 재활용 분리수거,작업 등 해야 하는 업무가 생각보다 많다. 그리고 은근히 정신적스트레스를 많이 받는 직업이다. 최근 경비원들에 대한 입주민들의 갑질이 매스컴을 타면서 조금씩 달라지고는 있지만, 아직도 경비원들을 천하게 보고 갑질을 하는 입주민들이 생각보다 많다.

이제는 경비원도 두 번째 직장에서 근무하고 있고, 이곳에서일한 지도 2년이 다 되어간다. 이젠 경비원 직업도 적잖이 경력이 붙었다. 나는 경비원 근무를 하면서 이런 생각을 해보았다.'경비원 근무를 하는 것이 창피한 것이 아니라, 가장으로서 돈을못 버는 것이 창피한 것이다.'라고 말이다. 정당한 노동의 대가를 받는 직업이니 떳떳한 것이다. 이제 오늘의 일과도 1시간 정도 남았다. 보람 있게 하루 일과를 마치면 내일 아침엔 퇴근할수 있을 것이다.

50

사랑하는 나의 애마(愛馬)

　나는 현재 2000년형 경차인 아토스를 타고 다닌다. 울산에 사는 처형이 타던 차를 내가 인수받은 것이 2010년이니 이 차를 운전한 지도 올해로 만 10년이 되었다. 남들이 보기엔 아무 보잘것없는 중고차에 불과하지만 나에게 있어선 내가 소장하고 있는 물품 중 '보물 1호'라 할 만큼 소중하고 애틋한 애장품이 아닐 수 없다.

　내가 보유했던 첫 차는 1996년식 '누비라'라는 중고차였던 것으로 기억한다. 2002년 5월에 컴퓨터 수리점을 창업하였는데, 자영업을 운영하려면 자동차가 필요한 터라 당시에 500만 원을 주고 구입한 중고차였다. 창업 당시 나는 초보 운전 상태였으므로 초장기에는 주차 실력이 부족하여 컴퓨터 수리 출장을 나가기도 어려운 상태였다. 약 6개월 정도가 지나자 초보 운전 티를 벗고 어느 정도 운전에 자신이 붙었던 것으로 기억한다.

나는 이 차를 2010년 4월까지 운행했다. 내가 학습지 교사로 취업했던 때가 2010년 3월이었으니 재취업 후 약 한 달 정도 운행한 셈이다. 지금도 기억이 나지만 학습지 관리 후 퇴근길에 자동차가 그만 도로 위에서 멈춰 서고 말았다. 나중에 긴급 출동 서비스를 받고 견인하여 카센터에서 들은 얘기지만 당시 내 차의 상태는 사람에 비유하자면 '사망 선고' 그 자체였다. 폐차를 할 수밖에 없었다.

학습지 교사로 회원 관리를 하려면 자동차가 있어야 하는데 난감한 상황이 아닐 수 없었다. 그런데 마침 그때 처형이 새로 자동차를 구입하여 타던 차를 무료로 주겠다는 제안을 해왔다. 하늘이 무너져도 솟아날 구멍이 있다고 했던가! 참으로 천우신조가 아닐 수 없었다. 나는 아토스를 타고 무려 5년 7개월간 학습지 교사로서 회원 관리를 할 수 있었다. 어디 그뿐이랴. 당시 나는 수입이 부족해 투잡으로 과외 교사도 하였는데 나의 애마는 투잡 수행에 든든한 동반자가 되어주었다.

나의 애마는 나를 등단의 세계로 이끌어 주었다. 2010년에 학습지 교사로 취업한 후 나는 4년간 수필가 등단을 위하여 꾸준히 신문을 읽었다. 신문 읽기는 학습지 관리 시간 중 관리가 없는 공백 시간에 이루어졌는데, 나의 애마가 없었다면 애초에 불가능한 일이었다. 여름에는 35도가 넘는 때에도 차 안에서 신문을 읽었으며 한겨울에는 영하 10도가 넘는 상태에서도 차 안의 히터를 켜지 않고 장갑을 착용하고 신문을 읽었었다. 그 결과 2014년 제9회 문예감성 수필 부문 신인상을 수상하며 수필가로 등단하게 되었다.

나의 애마는 내가 경비원으로 일할 때도 든든한 동반자가 되어주었다. 경비원 첫 근무지는 강동구 둔촌동의 주공아파트였는데 교대 시간이 오전 5시 30분이라 마을버스를 타고 가면 교대 시간 맞추기가 버거웠다. 자동차를 이용하면 시간이 절반 정도로 단축되므로 약 1년 9개월간 근무하는 데 큰 힘이 되었다.

이 밖에도 일 년에 두 번 성묫길에도 나의 애마는 불평 한마디 없이 동반자가 되어 주었으며 아버지께서 두 번의 수술을 받고 퇴원하실 때 든든한 힘이 되어 주었다. 아내가 위암 수술을 받고 퇴원할 때도 아내는 애마 뒷좌석에 앉아 있었다.

나의 애마는 약 2년 전부터는 안식년에 들어간 상태다. 2년 전 취업한 두 번째 경비원 일터는 집에서 도보로 10분 정도 거리라 출·퇴근에 차량이 필요하지 않기 때문에 꼭 필요할 때 외에는 지하 주차장에서 쉬고 있는 상태다. 나의 애마는 약 8년 동안 정말 열심히 봉사해 주었다. 어찌 보면 그 기간은 내가 교직을 그만둔 후 가장 힘들었던 기간이었다고 할 수 있는데, 별다른 사고 없이 내가 생업을 유지하는 데 절대적으로 큰 힘이 되어주었다.

지금은 가끔 한 번씩 지하 주차장으로 내려가 나의 애마를 본다. 비록 남들이 보기엔 20년이나 된 보잘것없는 중고차에 불과하지만, 나에게 있어선 내가 가장 어려울 때 불평 한마디 없이 내 곁을 지켜준 가장 친한 친구 같은 존재다. 나는 이따금씩 나의 애마에 묻은 먼지를 털며 이렇게 속으로 얘기한다. '고맙다. 오랜 기간 어려울 때 함께 해 줘서. 사랑한다!'

51

독자가 없는 작가는 관객이 없는 배우와 같다

관객 없이 공연하는 배우를 생각할 수 있을까? 비록 관객이 없지는 않더라도 객석에 가족만 있거나, 지인 정도만 객석에 앉아 연극을 보고 있더라도 배우의 모습은 매우 초라할 것이다. 관객과 배우의 관계는 물과 물고기와 같은 것이어서 관객이 없는 배우는 이미 그 존재의 의미를 잃어버리기 때문이다.

이것은 오프라인상에서 이루어지는 연극이나 무대 공연뿐 아니라, 방송이나 온라인상에서 이루어지는 것들도 마찬가지다. 인기 드라마는 해당 드라마를 시청하는 사람들이 그만큼 많다는 것을 의미한다. 드라마의 인기가 있으면 출연하는 배우의 인기도 덩달아 올라간다. 주연 배우의 경우 CF 섭외가 들어오기도 한다.

글을 쓰는 작가와 독자의 관계도 마찬가지다. 그런데 일부 작가의 경우 이런 사실을 망각한 채 글을 쓰는 사람들이 있다. 아마 이것은 작가와 독자의 관계가 배우나 가수와 같이 무대나 스크린상에서 이루어지는 것이 아니기 때문일 것이다. 그러나 이것은 일부 작가들의 착각이다. 작가와 독자는 책으로 만나며 컴퓨터와 스마트폰이 고도로 발달한 오늘날에는 인터넷과 스마트폰으로 만난다.

글을 쓰는 사람이 전업 작가라면 얘기는 많이 달라진다. 먹고사는 생계 수단으로 다른 직업을 갖지 않고 오로지 글을 쓰고책을 출판하여 그 수입으로 생계를 유지하는 전업 작가는 그입장이 스크린이나 TV 화면에서 관객과 시청자를 만나는 영화배우나 탤런트와 조금도 다를 바가 없다.

잘은 몰라도 한 편의 영화를 촬영하기 위해서는 수십 명의 배우가 필요한 것으로 알고 있다. 주연 배우는 거의가 한 명이고적지 않은 조연 배우에 더 많은 수의 엑스트라까지 동원되어야한 편의 영화가 만들어지는 것이다. 그리고 이런 영화 100편 중2~3편에서 소위 대박이 난다. 그리고 명배우가 되는 길은 매우험난하여 10년·20년은 보통이고 30년 이상 무명 배우의 길을걷다가 이름을 얻게 되는 경우도 있다.

글을 쓰는 작가의 경우도 마찬가지다. 매년 약 3만 종 정도의도서가 출판되는데 이 중 1만 부 이상 판매되는 도서는 불과 50종 정도라고 한다. 1년에 최소 4만 부 이상은 판매되어야 인세수입만으로 생계를 유지할 수 있다고 보았을 때 여기에 해당하는 전업 작가는 불과 20명 정도가 될 것이다.

나는 1년에 발행되는 도서의 90%는 초판도 판매하지 못한다고 본다. 예전에는 대부분의 도서가 초판으로 3천 부 정도를 찍었다던데, 독서 인구의 감소로 이제는 초판으로 1천 부 정도만 인쇄하는 경우도 많다고 한다. 이런 현실을 감안한다면 책을 내서 1천 명의 독자도 만나지 못하는 작가가 전체 작가의 90% 이상이라는 얘기가 된다. 심지어 100부도 팔리지 않는 책도 있다고 한다. 이 정도 수준이면 가족들만 불러놓고 연극 공연을 하는 배우와 별반 다름이 없는 것이다. 이런 배우는 배우로서의 존재 가치가 없다.

너도나도 글을 쓰고 책을 내는 시대가 되고 보니 글쓰기와 출판을 쉽게 생각하는 사람들이 많다. 물론 자유 민주주의 국가에서 그런 사람들을 탓할 수는 없다. 먹고 살 수 있는 생업을 가지고 그저 글쓰기가 좋아 글을 쓰고 기회가 되어 책으로 출판했다는데 그것을 탓할 수는 없기 때문이다. 10부가 되었든 50부가 되었든 판매되는 부수 자체에 의미를 두지 않는 사람들도 있을 것이다. 이런 사람들은 관객이야 있든 말든 무대에 한번 서서 한풀이 한 번 해보고 싶다는 철없는 배우와 하나도 다를 바가 없는 것이다.

작가에게 독자는 많으면 많을수록 좋다. 객석을 가득 채운 무대로 나가는 가수는 철저한 프로 의식 없이는 그 큰 무대에 설 수 없는 것이다. 내 글을 기다리는 독자가 20만 명, 30만 명이라면 어찌 함부로 글을 쓰고 책을 낼 수 있겠는가? 독자가 없는 작가는 존재의 의미가 없는 것이다.

52

TV 채널

근무가 없는 비번 일엔 아무래도 TV 리모컨에 손이 가게 된다. 우리 집 TV는 케이블 TV라 채널 개수만 100개 정도는 된다. 그러나 딱히 언제부터라고 단정할 수는 없지만 채널 수는 많아도 볼 만한 채널은 별로 없다고 느끼게 되었다. 나는 단지 '내 취향에 맞는 채널이 적어서겠지.'라고 대수롭지 않게 생각했다가 그것이 아님을 최근에 깨닫게 되었다.

나는 일단 이런 생각을 해보았다. '내가 만약 20대나 30대라도 볼 만한 채널이 별로 없을까?' 내 스스로로부터 돌아온 대답은 '아니다.'였다. 시청률로 먹고사는 TV 방송국에서 '황금알을 낳는 거위'인 20~30대 시청자들을 외면할 이유는 하나도 없기 때문이다.

그런데 방송국에서 볼 때 50대 시청자를 대하는 입장은 다르다. 그나마 여성은 좀 낫다. 여성들은 대체로 드라마나 홈쇼핑 등을 선호하기 때문에 방송국의 입장에서는 30~40대 여성 시청자들만은 못해도 경제력이 있는 50대 여성 또한 호감이 가는 계층이다.

그러나 50대 남성, 그것도 50대 후반인 남성은 방송국의 입장에서는 매력이 없는 계층인 것이다. 이 나이대의 남성들은 대체로 보수적인 데다가 예능이나 드라마, 홈쇼핑 등과는 아예 담을 쌓고 지내는 연령층이라 방송국의 입장에서는 시청률이나 수익 면에서 도움이 되지 않는다고 생각하기 때문이다. 결국 50대 후반의 남성들을 시청자로 끌어들여 운영할 수 있는 채널이어야 하는데 그런 채널의 개수가 과연 얼마나 되겠는가? 그래서 100개가 넘는 채널 가운데 내가 볼만한 채널은 10여 개에 불과한 것이다.

나만 해도 그렇다. 내가 선호하는 채널은 종편이나 다큐, 여행, 흘러간 가요, 옛날 드라마 정도다. 볼 수 있는 채널이 적을 수밖에 없다. 인생이란 나이가 들면 직장에서도 은퇴를 해야 하고 볼 수 있는 TV 채널의 수도 점점 줄어가는 형국이니 말이다. 생각을 조금 너그럽게 해보면 이것은 당연한 순리로 받아들여야 한다는 생각이 든다. 나도 20~30대엔 TV에서 볼 만한 프로그램이 없다는 생각을 해본 일이 없다. 그러나 이젠 방송국에서 주된 시청자로 삼는 나이대가 아니니 볼 만한 TV 채널이 줄어드는 것은 당연한 일일 게다.

TV 프로그램을 보다 보면 간혹 젊게 사는 노인들을 만나게 된다. 이런 노인들을 보면 신체 건강만 젊은 것이 아니라 생각과 사고방식 또한 젊은 것으로 보인다. 물론 철없이 나잇값도 못하고 젊은이들 흉내를 내려 드는 노인들은 눈살을 찌푸리게 하지만, 나이를 떠나 젊은 생각과 행동을 유지하려는 태도에는 고개가 끄덕여지는 것이다.

우리나라에서는 노인과 젊은이로 양분되어 갈등하는 양상을 간혹 보게 된다. 대표적인 것이, 노인들은 젊은이들을 '버릇없다'라고 하고, 젊은이들은 노인들은 '꼰대'라고 하며 '불통의 대상'으로 보는 것이다. 그러나 젊은 시절을 보내지 않은 노인이 어디 있으며, 늙지 않는 젊은이가 어디 있으랴!

젊은이와 노인은 서로 갈등하는 존재가 아니라 인생 선·후배로서 조화하는 모습이 바람직하다. 젊은이의 입장에서 보면, 인생을 미리 살아볼 수는 없지만 노인들은 살아있는 인생 교과서로서의 가치가 있는 것이다. 좋은 것과 나쁜 것은 스스로 선택하여 받아들인다면 노인들에게 얻을 수 있는 것은 무궁무진한 것이다. 노인의 입장도 마찬가지다. 인생을 젊게 살고 싶다면 젊은이와 함께 호흡하는 것이 옳을 것이다. 그들의 생각을 이해하려고 노력하고 고민을 털어놓을 때 들어주고 조언해주며 인생 선배로서 길잡이가 되어준다면, '꼰대'라는 호칭은 사라지고 '존경의 대상'으로 환골탈퇴하게 될 것이다.

일 년에는 사계절이 있고 하루에도 밤낮이 있듯이 세상은 젊은이나 노인만으로 돌아갈 수는 없다. 만약 노인들이 젊은이와 호흡하고 젊은 생각으로 살아간다면 그것은 '인생 채널'을 그만큼 늘이는 효과가 있지 않겠는가! 나이 이순(耳順)을 코앞에 두고 남의 일 같지 않아 다시 한번 생각에 잠겨본다.

53

혼술이면 어떠랴!

길흉화복이 교차하는 인생을 살다 보면 기쁘고 즐거운 날보다는 슬프고 힘든 날이 더 많다는 것을 알게 된다. 그리고 그럴 때 꼭 따라다니는 것이 바로 '술'이다. 기뻐도 한 잔, 슬퍼도 한 잔이라는 말도 있지만, 아무래도 힘들고 고될 때 더 찾게 되는 것이 술이 아닐까 생각한다.

술은 혼자 마시기보다는 술벗이 있는 것이 좋다. 벗을 마주 대하고 앉아 서로 빈 술잔에 술도 따라 주고 안주도 씹어가며 대화를 곁들이면 그야말로 금상첨화다. 교직을 그만두기 전에는 나도 동료 교사나 친구들과 술자리를 갖는 경우가 대부분이었다. 그리고 그것이 당연한 것이라고 생각했다.

그러나 교직을 그만두고 나서 상황은 180도로 바뀌었다. 물론 퇴직 후에도 새로운 직장에 취업하여 회식도 있었으나 교직에 있을 때와는 많이 달랐다. 유감스럽게도 친구들은 모두 사라졌다. 아내가 맞벌이로 생활 전선에 나가면서 아내와 저녁 겸 술자리를 갖는 것도 쉽지 않은 일이 되었다.

그렇다고 삶의 고단함이나 스트레스가 교직에 있을 때보다 줄어든 것은 아니었다. 오히려 육체적으로 더 고단했고 스트레스는 더 받았다. 음주를 하고 싶은 욕구는 더 생기는데 누군가와 함께하는 술자리는 매우 어려운 상황이 되었다. '궁즉통(窮卽通)'이라고 했던가! 누군가와 함께 술 마시기가 어려운데 술벗을 찾아 나선다는 것은 지극히 어리석은 일이었다. 결국 나는 '혼술'의 세계에 발을 디디게 되었고 그곳에서 해결책을 찾게 되었다.

처음에는 혼자 술 마신다는 것이 어색하고 잘 적응이 되지 않았다. 뭔가 비참해 보이기도 하고 쓸쓸한 느낌이 진하게 들었다. 대화 상대가 없으니 술자리 시간도 상대적으로 짧았다. 처음에는 소주 한 병을 마시는 데 30분이 채 걸리지 않았다. 그러나 한 번, 두 번 혼술의 횟수가 늘어가자 나름대로 혼술을 즐기는 노하우가 생겨나게 되었다. 감추어져 있던 혼술의 장점도 새삼스럽게 다가왔다. 혼술을 즐기지 않는 분은 이상하게 생각할는지 모르지만 혼술은 단점보다는 장점이 많다. 그 장점을 몇 가지만 간추리면 다음과 같다.

첫째, 시간의 구애를 받지 않는다. 친구를 만나 술을 한잔 하려면 미리 약속을 해야 하고, 장소도 정해야 한다. 내 시간보다도 상대방이 편한 시간에 약속 시간을 잡는 것이 상례다. 만남의 시간도 일방적으로 가져갈 수 없다. 주량도 내 주량을 넘기기 십상이며 보통 2차, 3차까지 가서 과음을 하기 일쑤다.

그러나 혼술은 그런 것이 없다. 내가 가장 술 마시고 싶은 시간에 술과 안주를 차려서 술상 앞에 앉으면 된다. 술의 양이나 음주 속도를 탓하는 사람도 없다. 마시고 싶은 양만큼 가장 편한 속도로 마시면 되니 이보다 좋을 수는 없는 것이다.

둘째, 비용이 적게 들어 경제적이다. 보통 친구와 술자리를 가지려면 적어도 5만 원은 준비해야 한다. 그러나 혼술은 1만 원 이하로 즐길 수 있고, 2만 원이면 푸짐한 술상을 차릴 수 있다. 안주는 내가 가장 먹고 싶은 것을 미리 사서 준비하면 된다. 내가 혼술 안주로 좋아하는 메뉴인 순대와 번데기, 막걸리 술상 차림은 6천 원 정도면 충분하다.

셋째 술벗과 다툴 일이 없다. 술을 마시며 술벗과 대화를 나누다 보면 다소 감정이 격앙되는 경우가 있다. 술이라는 것이 이성을 마비시키는 속성이 있어서 마시다 보면 별것 아닌 말에 감정이 격해지고 신경이 곤두서게 된다. 의견과 생각이 다르면 술자리에서 친구와 다툴 수 있는 여지도 있는 것이다. 그러나 혼술은 그럴 가능성이 전혀 없다. 혼자 마시다 보니 자기 자신과 대화하며 마신다. 자신의 분신과 대화하다 보니 의견과 생각이 다를 리 없으며 다툼의 가능성은 '0%'다.

마시고 싶은 시간에 주량만큼 술을 준비하고 가장 좋아하는 안주로 세팅을 한다. TV에서 내가 좋아하는 프로야구 중계라도 하면 금상첨화다. 마치 야구장에 와 있는 듯한 느낌이 든다. 돈 한 푼 안 내고 야구장에서 막걸리를 마시니 이런 호사가 어디 있으랴! 혼술이면 어떠랴!

54

안방 오피스

나는 현재 안방에서 책을 읽고 글을 쓰고 있다. 다시 말해 안방에 오피스를 만들어 놓고 글을 쓰고 있는 것이다. 그러나 나의 '안방 오피스' 경력은 불과 2년 남짓 정도밖에 안 된다.

우리 가족이 현재 살고 있는 전세 아파트로 이사 온 것은 2012년 6월이었다. 그 당시 나의 직업은 학습지 교사였고 과외 교사를 겸업하는 상태였다. 나는 일주일에 3일은 학습지 교사 일을 했고 주말을 포함한 나머지 3일은 과외 수업을 했었다. 과외 수업을 준비하려면 교재를 만들고 교재 연구를 해야 했다. 그래서 부득이하게 내가 작은방을 차지하는 형태가 되고 말았다.

지금 생각하면 아이들에게 상당히 미안하다. 당시에는 그런 생각을 못 했지만 아이들은 자신들의 공간을 아빠에게 빼앗긴 채 안방에서 잠을 자고 필요에 따라 작은방을 이용하는 불편함을 감수해야 했던 것이었다. 우리 둘째와 막내딸이 착했기에 망정이지 아마 다른 집 아이들 같았으면 난리가 났을 것이다.

그렇게 6년이란 세월이 흘러 2018년이 되었다. 나는 2018년 11월부터 집에서 10분 거리인 아파트에서 경비원으로 근무하게 되었다. 이때쯤 아이들에게서 불만의 목소리가 나오기 시작했다. 그래도 아이들은 단호하게 "우리 방을 돌려주고 안방으로 가세요!"라고 요구하지는 않았다. 처음에는 안방에 2층 침대를 놓고 책상을 새로 들이자는 제안을 했다. 아이들이 오죽하면 그런 제안을 했겠는가마는 당시 나는 그런 생각을 한 아이들을 꾸짖었다.

그러다가 우연히 서운한 마음에 버스를 타고 외출한 날이 있었다. 화가 난 마음을 삭이고 아이들 입장에서 생각을 해보았는데, 마치 망치로 머리를 한 대 맞은 듯이 잘못된 것에 대한 '깨달음'이 드는 것이었다. '내가 내 편리함만을 위하여 아이들의 공간을 무려 6년이나 차지하고 있었구나! 착한 아이들이라 그렇지 얼마나 불편하고 힘들었을까!' 버스 안이었지만 미안한 마음에 얼굴을 들기가 어려웠다. 그날 저녁에 나는 아이들에게 "당장 작은방을 돌려줄 테니 아빠는 안방으로 간다."라고 선언하였다.

아이들에게 작은방을 돌려준 것은 늦었지만 무척 잘한 일이었으나, 문제는 내 작업 공간이었다. 처음에는 아무리 생각해보아도 묘안이 떠오르지 않았다. 그러던 중 갑자기 아이디어가 떠올랐다. 그것은 다름이 아니라 조선 시대 선비들이 과거 시험 준비를 하던 모습이었다. 조선 시대에는 방 안에 서안을 놓고 책을 읽었었다. 생각이 여기에 미치자 '의자에 앉지 말고 방바닥에 앉아 작업을 하면 해결이 가능하다.'라는 데 생각이 미치게 되었다. 곧바로 인터넷 검색을 하니 책상 넓이의 좌식 책상이 있음을 확인하고 구입하였다.

좌식 책상이 택배로 배달된 날, 포장을 풀고 안방에 놓고 나니 만면에 미소가 돌고 입에서는 감탄사가 터져 나왔다. 좌식 책상을 놓고 공부상 하나를 덧대어 놓으니 완벽한 사무 공간이 만들어졌다. 책상에는 노트북과 독서대를 놓고 공부상에는 프린터를 설치했다. 인터넷은 작은방에 있는 와이파이 공유기를 사용하니 해결되었다. 책상의 크기가 넉넉하여 스탠드를 놓고 책을 읽을 수도 있고 원고지를 놓고 집필도 가능하였다.

정리도 간단하다. 정리는 설치의 역순으로 진행하면 되므로 아무런 문제가 되지 않았다. 처음에 익숙하지 않았을 때는 설치와 정리에 30분 정도가 걸렸으나 지금은 15분 정도면 가능하다. 안방 오피스를 설치하기 시작한 이후 나는 월~목요일 비번 일에 글도 쓰고 책도 읽고 있다. 지금도 옛날 일을 생각하면 아이들에게 마안하고 '왜 진작 그런 생각을 못 했을까!' 하는 아쉬움이 들기도 한다.

좋은 고정관념은 삶에서 반드시 필요하다. 그러나 잘못된 고정관념은 빨리 바꾸어야 한다. 그리고 인생에는 한쪽 문이 닫히면 반대쪽 문이 반드시 열리게 되어 있다. 지금도 비번 일에 안방 오피스를 설치하면 옛날 일이 생각나 한 번씩 감회에 젖는다. 그리고 아이들에게 한편으론 미안하고 다른 한편으론 고마운 마음이 든다. 아이들이 아빠를 이해해 주었기에 오늘날 우리 가정이 온전하게 유지되었으니 말이다.

55

욕심

인간은 태어나 인생을 살아가면서 수많은 욕심 속에 살아가게 된다. 인생을 산다는 것 자체가 타인과의 관계 속에서 삶을 꾸려가는 것이므로 크고 작은 욕심에 직면하게 되는 것은 어쩌면 당연한 일인지도 모른다. 욕심은 자신을 발전시키는 활력소가 되기도 하지만 때에 따라서는 자신을 망치는 결정적인 원인이 되기도 한다.

인간이 가지는 보편적인 욕심 중에 '소유욕'이 있다. '견물생심(見物生心)'이라는 말도 있듯이, 우리는 마음에 드는 물건이 있으면 갖고 싶은 욕심을 느낀다. 소유욕 자체가 나쁜 것은 아니다. 맘에 드는 물건이 있으면 그것을 갖고 싶은 것은 인간의 자연스러운 욕망이기 때문이다. 문제는 그것이 지나쳤을 때인 것이다.

부부가 대형마트에 일주일 치 장을 보러 간다. 맞벌이 부부가장을 보러 마트에 가기 전에 가장 중요한 일을 대부분 간과한다. 그것은 바로 '냉동실에 있는 식자재를 확인하는 일'이다. 지난주에 사둔 것이 절반이나 남아 있는데 확인도 안 하고 차를 몰고 쇼핑에 나선다.

대형마트에 가면 온갖 화려한 식자재가 구매 욕구를 자극한다. 지난주에 구입한 물품은 잊은 지 오래고 이미 구입하여 냉동실에서 유통기한이 지난 것과 동일한 식재료를 다시 구입하여 카트에 담는다. 일주일 후 이 집 안주인은 예전에 구입한 식재료가 유통기한이 지났음을 확인하고 통째로 음식물 쓰레기통에 버린다. 자그마치 2만 원을 주고 샀던 식재료다.

먹는 것에 대한 욕심, '식욕'도 마찬가지다. 식욕은 건강한 삶을 유지하는 데 필수 불가결한 것이다. 그러나 먹는 것에 대한 지나친 욕심은 질병을 부른다.

현대인 중엔 비만 인구가 많다. 비만의 원인에는 여러 가지가 있겠으나 가장 중요한 원인은 바로 '먹는 것에 대한 지나친 욕심'이다. 사람이 하루 세 끼를 제시간에 적당량을 섭취하고 적절한 운동을 하면 비만과는 거리가 멀어진다. 대체로 비만한 사람은 세 끼 식사를 불규칙한 시간에 과도한 분량으로 섭취한다. 그것도 좋아하는 음식 한두 가지만 편식하는 경우가 많다. 그리고 그것도 모자라 틈나는 대로 간식을 먹는다. 운동은 거의 하지 않는다. 살이 찌기는 쉽지만, 한 번 찐 살을 빼려면 열 배 이상의 고통이 따른다. 식욕이 과했을 때 어떤 형벌이 따르는지 잘 생각해 볼 일이다.

지나친 명예욕도 문제다. 사람은 누구나 남보다 더 높은 지위에 오르고 싶은 욕심이 있다. 물론 그 욕심 자체가 나쁜 것은 아니다. 문제는 그 방법에 있다. 남에게 피해를 주지 않고 오로지 자신만의 성실한 노력으로 높은 지위에 오른 사람에 대해서는 어느 누구도 비난하지 않는다. 오히려 박수를 보내고 부러워하기도 한다.

그러나 적지 않은 사람들이 남보다 빨리 높은 지위에 오르기 위하여 남을 모함하고 편법을 동원한다. 남들이 10년 걸린 것을 온갖 부정한 방법을 사용하여 1년 만에 성취하려고 한다. 그러다가 부정이 발각되어 회사를 떠나거나 심한 경우 수갑을 차고 감방 신세를 지기도 한다.

재물에 대한 욕심 또한 마찬가지다. 인생을 사는 데 적절한 재물은 반드시 필요하다. 그러나 그것도 과하면 탈이 날 수 있고, 더구나 그것을 얻는 데 비정상적인 방법이 동원되었다면 문제는 더 큰 것이다. 최근에 어느 공기업 직원이 신도시 개발 정보를 이용하여 땅 투기를 한 것이 발각되어 사회적으로 공분을 사고 있다. 이들은 신도시 개발로 지가 상승이 기대되는 곳에 대량의 토지를 구매했다. 구매 대금엔 은행 대출이 50억 원 이상이라 하니 이 정도면 가히 전문적인 대형 범죄라 할 만하다.

'과유불급(過猶不及)'이라는 말이 있다. 지나친 것은 아예 부족한 것에도 못 미치는 것이다. 인생을 사는 데는 많은 재물이 필요한 것이 아니요, 건강을 유지하는 데는 제시간에 먹는 하루 세 끼 식사면 충분한 것이다. 도에 넘는 명예를 가지려 한다든지 분에 넘치는 재물을 얻으려 한다면 그 욕심의 수십 배에 달하는 불행이 올 수 있다는 것을 잊지 말아야 할 것이다.

56

다큐 사랑

누군가 나에게 'TV 프로그램 중에서 어떤 것을 즐겨 보시나요?'라고 묻는다면 나는 주저 없이 '다큐'라고 대답할 것이다. 실제 나는 근무가 없는 비번 일에 시청하는 프로그램 중 70% 이상이 다큐 프로그램이다. 나머지는 뉴스나 여행 프로그램 정도일 것 같다. 다큐 프로그램은 주로 사실과 실제를 기반으로 한다. 드라마나 영화는 가상의 이야기를 바탕으로 한 대본이나 시나리오를 거쳐 제작되지만, 다큐 프로그램은 현실에서 일어나고 있거나 일어났던 사실을 바탕으로 한다.

지난날을 돌이켜 보면 나도 젊은 날에는 다른 사람들처럼 드라마나 쇼, 코미디 같은 오락 프로그램을 즐겨 보았었다. 젊은 시절엔 그만큼 감성적이고 열정적이었는지는 몰라도 TV 프로그램도 그런 성향에 맞는 것들을 보았던 것 같다. 당시에는 드라마를 보고 울고 웃고 분노하기도 했던 것 같고, 쇼 프로에 등장하는 가수가 우상이기도 했으며 코미디를 보며 스트레스도 풀었던 것 같다.

그런데 언제부터인가 그런 프로그램으로부터 멀어지고 상대적으로 다큐 프로그램과 가까워지게 되었다. 돌이켜보면 2014년 내가 수필가로 등단한 이후 그런 현상이 부쩍 가속화하지 않았는가 하는 생각이 든다. 누구나 알다시피 수필은 현실의 이야기를 바탕으로 한다. 현실의 경험이나 견문 등이 수필의 소재가 되는 것이다.

그러나 개인의 경험이나 견문은 그것이 한정적일 수밖에 없다. 어차피 글이라는 것이 그것을 읽는 독자를 전제로 한 것이라면, 개인의 경험만으로 글을 쓰고자 하면 그것은 얼마 가지 않아 바닥을 드러낼 것이기 때문이다. 이것은 마치 음식을 조리하는 것과 같은 이치다. 음식을 조리하려면 다양한 식재료가 있어야 하는데 혼자서 그 많은 식재료를 재배하거나 생산한다는 것은 불가능한 일인 것이다.

나는 폭넓은 삶의 소재를 바탕으로 글을 쓰길 원했고 다큐 프로그램은 이런 나의 바람에 딱 부합하는 것이었다. 나는 다큐 프로그램을 보면서 다양한 사람들이 살아가는 다채로운 이야기를 접할 수 있었고 그것들이 나의 글쓰기에 실제로 큰 도움이 되고 있는 것이 사실이다. 그중 몇 가지를 소개하면 다음과 같다.

TV조선에서 방영하는 〈인생다큐 마이웨이〉라는 프로그램은 다른 다큐 프로그램보다도 큰 감동을 주었다. 프로그램의 특성상 탤런트, 영화배우, 가수 등 주로 연예인들이 주인공이기는 하지만 한 인간의 리얼리티를 보여주는 데에는 전혀 손색이 없었다고 생각한다. 나는 다양한 사람들의 인생 스토리를 보면서 큰 감동을 받았으며 적지 않은 힐링과 더불어 글감을 얻었다고 말할 수 있다.

KBS에서 방영하는 〈다큐멘터리 3일〉도 좋은 프로그램이다. 이 프로그램은 특정 지역을 정하여 72시간(3일)을 밀착 취재하는 방식으로 제작한 프로그램이다. 주로 우리 이웃들이 살아가는 이야기라고 할 수 있는데 내가 모르는 지역과 분야에서 살아가는 사람들의 이야기를 접할 수 있어서 많은 도움이 되었다.

EBS에서 방영하는 〈극한 직업〉은 색다른 재미를 선사한다. 이 프로그램은 주로 힘들고 어려운 직업에 종사하는 사람들의 현장 모습을 리얼하게 보여 준다. 나는 이 프로그램을 보며 생업의 현장에서 땀 흘려 열심히 살아가는 직업인들의 모습에서 진한 감동과 공감을 느낀다.

여행 프로그램도 다큐 프로그램이라고 할 수 있을지 몰라도, KBS에서 방영하는 〈걸어서 세상 속으로〉는 나의 시야를 '지구촌'으로 확 넓혀주어 많은 도움이 된다. 여러 가지 형편상 해외 여행을 하기는 어려운데 이런 프로그램을 통해 세상 구석구석을 눈요기할 수 있으니 가히 고맙다고 할 수밖에 없다.

자신만의 세계에 갇혀 사는 삶은 편협하고 좁을 수밖에 없다.

스마트폰 세상이 되면서 이젠 조금만 노력하면 얼마든지 폭넓게 다른 세상을 접할 수 있게 되었다. 오늘도 나는 나의 좁은 견문을 채우기 위하여 TV 프로그램을 여행한다. '다큐'라는 바다에서 '인생의 황금'을 건져 올리기 위해서 말이다.

57

레코드와 카세트 플레이어
그리고 CD 플레이어

　21세기를 살아가는 대한민국 국민은 어떤 방식으로 음악을 들을까? 개인에 따라 다르긴 하겠지만 아마도 스마트폰을 이용하여 디지털 음원으로 듣는 사람들이 가장 많지 않나 싶다. 그러나 불과 30~40년 전만 해도 우리는 현재와는 전혀 다른 방식으로 음악을 접해 왔었다.

　내가 대학을 다녔던 1980년대에는 '음악다방'이라는 것이 있었다. 원하는 음악을 원하는 시간에 듣기가 쉽지 않았던 시절, 음악다방은 음악에 대한 갈증을 해소하기에 안성맞춤이었다. 당시의 음악다방에는 예외 없이 'DJ 박스'라는 것이 있었다. 그곳에는 다량의 레코드판과 음악을 골라서 틀어주는 DJ(디스크 자키)가 있었다.

　만약 듣고 싶은 노래가 있다면 신청곡을 메모지에 적어 DJ 박스에 넣어 신청하면 되었다. 음악을 신청하고 희망 곡을 틀어주는 어찌 보면 별것 아닌 것이었지만 신청한 음악이 다방에 울려 퍼질 때면 묘한 감동을 느꼈었다. 그리고 턴테이블에 레코드판을 얹어 틀어주는 음악에는 그만의 감동이 있었다. 비록 다소 잡음도 났지만 레코드에서 재생되던 음악엔 요즘의 디지털 음원과는 다른 무언가 특별한 것이 있었다.

당시에 음악을 듣던 또 다른 방식은 카세트 플레이어를 이용하는 것이었다. 누구나 좋아하는 음악을 갖고 싶은 욕구가 있는 법인데 당시에는 라디오에서 흘러나오는 음악을 공 테이프(녹음이 안 된 카세트테이프)에 녹음하는 것이 유일한 방법이었다. 지금도 기억나지만 공 테이프를 5개 정도 구입해 놓고 미리 라디오에 장착한 다음 음악 시작과 동시에 녹음을 하곤 했었다. 녹음 실력이 부족했던 시절엔 DJ의 음성과 노래가 함께 녹음되어 지우고 녹음하기를 반복했던 웃지 못할 기억도 있다. 대학 1학년 때 남이섬으로 M.T를 갔었는데 대형 휴대용 카세트 플레이어를 최고 볼륨으로 틀어놓고 댄스 음악에 맞추어 신나게 춤을 추었던 기억이 새롭다.

80년대 중반쯤 휴대용 카세트 플레이어가 출시되었던 것으로 기억하는데 당시에 그것은 굉장히 소중한 물품이었다. 사립학교 임용고시를 준비하던 대학 4학년 때는 도서관에서 공부를 했었는데 점심 먹고 커피 한 잔 마신 다음 휴대용 카세트 플레이어에 이어폰을 꽂고 영화 음악을 들으며 낮잠을 청했던 기억이 난다.

카세트테이프가 편리하기는 하나 한 가지 결정적인 단점이 있었다. 그것은 바로 오래 재생하면 테이프가 늘어진다는 것이었다. 카세트테이프는 녹음했다가 지우고 다시 녹음하는 재기록 기능이 있어서 편리하긴 했지만 바로 그것 때문에 오래 사용하면 테이프가 늘어져 정상적으로 음악 재생이 안 되었던 것이다. 이와 같은 카세트테이프의 단점을 한방에 해결해준 신기한 물품이 있었으니 그것이 바로 CD(Compact Disc)였다.

중앙에 구멍이 뚫린 원반 형태의 CD는 카세트테이프와는 달리 수백 번을 재생해도 원래의 음질이 그대로 유지된다. 그러나 라디오에서도 녹음이 가능했던 카세트테이프와는 달리 음악 CD를 만들려면 별도의 라이터(CD Writer)를 구입해야만 했다. 현재는 5만 원 정도면 구입이 가능하지만 이 기기가 귀했던 초창기(90년대 중반)만 해도 당시 가격으로 50만 원 정도 하는 고가의 제품이었다. 지금도 나는 공 CD에 원하는 음악을 담아 근무하는 날 경비실에서 듣기도 한다.

비록 잡음도 나고 테이프가 늘어져 이상한 소리가 나기도 했지만 레코드와 카세트테이프는 학창 시절의 아련한 기억과 더불어 추억으로 남아 있다. 신청곡을 메모지에 적어 DJ 박스에 밀어 넣고 그 음악이 다방에 울려 퍼질 때 느꼈던 경이로움, 좋아하는 노래를 공 테이프에 녹음하여 테이프가 늘어질 때까지 듣고 또 들었던 아련한 기억들. 스마트폰에 디지털 음원을 저장해 놓고 듣는 것이 편리하기는 하지만 어쩐지 스마트폰엔 감동이 없다. 때론 옛날 음악다방 레코드에서 들리던 잡음과 늘어진 카세트테이프의 소리마저 그리운 것은 나만의 느낌일까! 그때가 그리워진다.

58

'댓글'과 '좋아요', '평점' 그리고 '구독하기'

관심과 인정을 받고 싶은 마음은 인간의 기본적인 욕구일까? 인터넷과 스마트폰 사용이 보편화된 오늘날, 매일같이 우리의 높은 관심을 받는 네 가지의 '키워드'가 있다. 그것은 바로 '댓글'과 '좋아요', '평점' 그리고 '구독하기'다.

전 세계의 수많은 인터넷 사이트 중 상위 10위 이내에 손꼽히는 것 중에 '유튜브(You Tube)'가 있다. 각종 동영상이 업로드되는 이 사이트는 가히 '동영상의 천국'이라고 해도 과언이 아니다. 나 또한 보고 싶은 동영상이 있을 때 이 사이트를 이용하곤 하는데 그 방대한 규모에 놀라움을 감추지 못한다.

전 세계의 수많은 사람들이 유튜브에 동영상을 업로드한다. 그런데 이들의 관심은 딱 두 가지다. 그것은 바로 '좋아요'와 '구독하기'다. '좋아요'는 해당 동영상을 본 네티즌의 호감도를 표시하는 것이요, '구독하기'는 호감도를 넘어 지속적인 관심을 보여주는 의사 표시일 것이다. 유튜브의 속성상 그것이 상업적인 이익과 직결되는 것이니 말이다.

나는 현재 몇 개의 인터넷 사이트에 매주 수필을 업로드하고 있다. 누구나 변화하는 시대를 따라가지 않을 수 없고 이젠 글 쓰는 작가도 자신을 홍보하지 않고서는 책을 판매하기도 어려운 시대가 되었기 때문이다. 그 사이트 중 하나가 '다음 카카오'에서 운영하는 '브런치'란 사이트다.

이 사이트는 카페나 블로그처럼 자격 조건 없이 누구나 개설하여 글을 올릴 수 있는 것과는 다르다. 브런치 작가가 되기 위해서는 해당 사이트에 '작가 신청'을 하여 인증을 받아야 한다. 나 또한 작가 신청을 하고 인증을 받아 소위 '브런치 작가'가 되었다. 처음에는 작가로서, 이런 공간이 있음에 감사하며 순수한 마음으로 글을 올리는 데만 신경을 썼다. 그러나 한 편 두 편 업로드한 글의 숫자가 늘어나자 신경 쓰이는 것이 있었다. 그것은 다름이 아니라 바로 '좋아요'와 '댓글' 그리고 '구독자 수'였다.

내가 올린 글에 대한 독자의 반응이 궁금하여 사이트를 방문하다 보면 자연스럽게 '좋아요'의 숫자와 '댓글'에 관심을 가지게 되고 '전체 구독자 수가 얼마나 늘었는가?'에도 신경이 쓰이는 것이었다. 그리고 타인의 글을 읽다가 내 글보다 더 많은 '좋아요'가 달렸다든지, 내 글에는 댓글 하나 없는데 댓글이 몇 개씩 달려 있는 남의 글을 보면 은근히 자존심이 상하는 것이었다.

더구나 나는 현재 구독자 수가 10명도 채 안 되는데 구독자 수 만 2천, 3천 명 심지어 1만 명이 넘는 작가의 채널을 보면 부러 움을 넘어 경외감마저 드는 것이었다.

그러나 가만히 생각해보면 이것은 매우 잘못된 생각이었다. 나 또한 적잖이 브런치에 올라온 글들을 읽었지만 댓글을 쓴 기 억은 거의 없고 실제로 '좋아요'를 누른 적도 거의 없기 때문이었 다. 생각이 여기에 미치자 내가 올린 글에 '좋아요'를 표시해준 분들에게 너무도 감사한 마음이 들었다. 그냥 읽기만 하고 지나 쳐도 그만인데 말이다.

'평점' 또한 마찬가지다. 도서를 판매하는 사이트를 방문하여 도서를 검색하다 보면 가장 먼저 눈에 띄는 것이 '댓글'과 '평점' 이다. 왠지 댓글의 숫자가 많고 평점이 높은 책이 구매자의 관심 을 끌게 되고 실제 책 구매로 이어지는 경우도 적지 않을 것이 다. 그러나 나는 이런 '댓글'과 '평점'에 대하여 씁쓸한 느낌을 지 울 수 없다. 왜냐하면 도서 판매조차 작품의 전정한 가치보다 출판사의 마케팅 전략이나 작가의 지명도나 유명세에 좌우되는 것처럼 보이기 때문이다.

나는 작가가 쓰는 작품에는 작가의 정신이 담겨야 한다고 믿 는다. 작품의 실제 가치보다 댓글의 수효나 평점의 점수가 책의 가치를 결정한다면 정작 혼이 담긴 책을 쓰고서도 마케팅 전략 에 뒤처져 좌절하는 아까운 작가들이 있지 않을까 하는 안타까 운 마음이 들 때가 있다.

59

여성 예찬

정문 초소에서 경비원 근무를 하다 보면 많은 여성들을 보게 된다. 손자를 업고 가는 할머니, 양손에 반찬거리를 사 들고 지나가는 중년 여성, 아기를 태운 유모차를 밀고 가는 젊은 주부 등 다양한 유형의 여성들을 본다. 21세기가 시작된 지도 20년이 넘었고, 스마트폰 시대가 시작된 지도 10년이나 되었지만 나는 아직도 지나가는 여성들의 모습에서 전통적인 여성의 모습을 떠올리게 된다. 나만의 생각일까!

우리나라 여성들은 오랜 기간 힘들고 고된 삶을 살아왔다. 전쟁이 일상이었던 고대 국가 시대에는 무수히 많은 남편들이 전쟁터에 끌려나가 죽었다. 기혼 여성의 입장에서 남편의 죽음은 가정 경제의 사망 선고를 의미한다. 지금처럼 여성들이 취업하여 자식들을 뒷바라지할 여건도 안 되었던 시대에 여성들은 자신들은 굵고 쓰러질망정 자식들을 살리기 위해 물불을 안 가리고 생활 전선에 나섰다.

조선 시대는 여성들에게 있어서 최악의 시대였다. 유교를 국시로 내세웠던 조선은 가부장 제도를 정당화하였으며 남존여비를 당연한 것으로 생각했었다. 여성에게는 과거에 응시하는 것조차 금기시되었으며 오로지 현모양처만이 최고의 미덕으로 인정받던 시대였다.

여성이 결혼한다고 상황이 나아지는 것도 아니었다. 층층시하 시집살이는 예정되어 있는 것이었다. 오죽 시집살이가 힘들었으면, '벙어리 3년, 귀머거리 3년'이라는 말이 있을 정도였다. 남편이 바람을 피우고 심지어 첩을 들여도 여성은 투기를 하면 안 되었다. 오늘날에는 생각할 수도 없는 일이지만, 조선 시대에는 그런 것들이 제도적으로 보장된 남성들의 특권이었다.

여성들의 평생 운명을 좌우할 배우자를 선택하는 데 있어서도 여성들은 권한이 없었다. 혼인을 집안과 집안의 결합으로 생각했던 시대에 배우자의 선택권은 양가 부모(주로 아버지)에게 있었으며, 한 번 혼인이 정해지면 배우자가 혼인 전에 사망하더라도 기혼 여성으로 간주하여 남은 여생을 독수공방해야 하는 기막힌 시대였다. 나는 이런 험난한 삶을 살아왔던 여성들의 모습에서 연약해 보이면서도 강인한 외유내강의 여성성을 본다.

여성들은 남성들이 가지지 못한 장점을 많이 가졌다.

길에 여성이 지나가면 그 자체로 밝은 느낌을 준다. 특히 화사한 봄날에 곱게 차려입고 길을 나선 여성을 보면 화단에 피어있는 예쁜 꽃 같다는 생각이 든다. 대체로 색채 감각이 떨어지고 투박한 남성들에 비해, 여성들은 곱게 화장을 하고 컬러풀한 옷을 입고 거리에 나선다. 거리에 피어 있는 어떤 꽃이 이 인화(人花)보다 아름다울 수 있으랴!

주방에서 일하는 여성을 보면 감탄사가 절로 나온다. 언젠가 저녁 식사를 준비하는 아내의 모습을 먼발치에서 본 적이 있는데, 그 현란한 손놀림에 감탄을 금하지 못한 적이 있었다. 나도 남자지만 남자들은 단순해서 한 번에 여러 가지 일을 잘하지 못한다. 그런데 아내는 그야말로 '만능 멀티 플레이어'였다. 밑반찬 하고 찌개 끓이고 그야말로 '조자룡 헌 창 쓰듯'하는 현란한 손놀림으로 불과 30분도 안 되는 시간에 서너 가지의 반찬을 뚝딱 만들어 내는 모습을 보고는 나는 딱 벌어진 입을 다물지 못했다.

여성들의 고운 목소리는 세상에 활력소를 준다. 근무하는 날 나는 경비실에거 라디오를 즐겨 듣는데, 여성 진행자의 목소리나 여성 가수의 노래를 들으면 기분이 좋아지고 밝은 느낌이 든다.

언제부턴가 남녀 사이에 조화보다는 갈등이 많이 보이는 것 같다. 남성과 여성은 성(性)이 다른 것 이상으로 모든 면에서 완전히 다르다. 남성과 여성은 서로 대립하고 부딪쳐서는 안 되며 조화를 이루어야 한다. 마치 피아노의 흰 건반과 검은 건반이

어울려야 좋은 화음이 나듯이 말이다.

나는 오늘도 많은 여성들을 본다. 경비실에서, 거리에서, 라디오에서, TV에서 다양한 그녀들의 모습을 본다. 그리고 그녀들의 모습에서 감사함을 느낀다. 그녀들이 있어서 세상이 더 밝아지고 아름다워지니 말이다.

60

코로나 19로 더 힘든 사람들

코로나 19라는 세계적인 전염병이 우리나라에 발병한 지도 어언 1년이 지났다. 코로나 19는 지난 1년간 우리 국민의 삶을 통째로 바꾸어 놓았다. 예전에는 황사나 미세먼지가 심한 날에만 사용하던 마스크 착용이 일상이 되었다. 사람과 사람 사이 거리두기가 보편화 되었으며, 사람들이 많이 모이는 장소는 기피 장소가 되었다.

많은 사람들이 고통을 겪었으며 그 고통은 현재에도 이어지고 있지만, 그중에서도 가장 어려움이 큰 사람들은 바로 영세 자영업자들이다. 봉급생활자들은 그나마 해고만 당하지 않으면 생계유지가 가능하다. 그러나 자영업자들의 경우엔 사정이 전혀 다르다. 대부분의 자영업자 매출은 손님이 매장을 찾아주어야 이루어지는 것인데, 거리에 사람들이 다니지 않고 손님들이 매장을 찾지 않으니 그 손실은 고스란히 수익 감소로 이어질 수밖에 없는 것이다.

나도 한때는 자영업을 운영한 적이 있었다. 교직을 그만둔 후 컴퓨터 수리업을 창업하여 약 3년 9개월 정도 운영한 경험이 있다. 사실 창업을 하기 전에는 자영업 운영이 그렇게 어려운 것인 줄 몰랐다. 봉급생활자 시절엔 생활고가 없었기에 자영업에는 관심도 없었고, 오히려 '장사를 하면 돈은 많이 벌겠지.'와 같은 막연한 생각도 했던 것이 사실이다.

그러나 실제 자영업을 운영해 보니 현실은 너무나 냉혹했다. 자영업은 '월급'이라는 것이 없다. 자영업은 월급이 아니라 '월수입'이라고 하는 것이 맞을 것이다. 한 달 동안 열심히 벌어, 그중 모든 지출을 공제하고 남는 금액이 '월수입'인 것이다.

물론 경기가 좋아 장사가 잘되면 봉급생활자보다 월수입이 많을 수도 있다. 그러나 현재와 같은 코로나 19 상황에서는 전혀 얘기가 다르다. 예를 들어 코로나 19 이전에 한 달 매출이 천만 원일 때 월수입이 3백만 원이었다면, 코로나 19로 매출이 5백만 원으로 줄었다면 월수입은 150만 원 정도가 된다. 실제 현 상황에서 매출이 70~80% 줄었다는 자영업자가 많은 것을 보면 그들의 어려움이 얼마나 클지 짐작할 수 있는 것이다.

자영업자의 월수입이 줄어든다고 지출마저 줄어드는 것은 아니다. 월세는 한 달마다 꼬박꼬박 내야 하고 각종 공과금에 카드 결제금도 여지없이 지출해야 한다. 각종 생활비는 물론 자녀가 학생인 경우 적지 않은 교육비도 부담해야 한다.

결국 지출은 정해져 있는데 수입이 줄어들면 부족한 금액은 '빚'으로 충당할 수밖에 없게 된다. 어쩔 수 없이 카드론이나 주택담보대출을 받을 수밖에 없는 것이다. 내가 자영업을 운영했을 때 장사가 안 될 때는 2천만 원을 대출받아 6개월을 버티지 못한 때도 있었다.

현재와 같은 코로나 19 상황은 자영업자들에게는 그야말로 '벼랑 끝에 몰린' 형국이다. 자영업 운영을 해보지 않은 사람들은 이렇게 얘기할지 모른다. "그래도 다들 문 열고 장사하고 있어. 문 닫은 점포는 별로 없던데."라고 말이다. 그러나 내 생각에는 현재 문 열고 영업하는 점포 중에서 적자 안 보고 영업하는 곳은 열 곳 중 한 곳에 불과하다고 생각한다.

경기가 좋으면 폐업을 한다 해도 모아둔 돈으로 몇 달 살다가 다시 개업하면 된다. 그러나 현재와 같은 초유의 불경기 상황에서는 모아둔 돈도 별로 없을뿐더러 폐업한 후 창업은 현재의 점포를 유지하는 것보다 몇 배는 더 어려운 일이 된다. 그래서 삶은 유지해야 하기에 '울며 겨자 먹기'로 어쩔 수 없이 점포 문을 열어 놓고 있는 것이다.

나는 한때 자영업을 운영했던 사람으로서 거리를 다니며 가게를 운영하는 사장님들을 보면 안타까움과 연민의 정을 느낀다. 그들의 어려움을 너무도 잘 알기 때문이다. 나는 그들에게 '힘들더라도 포기하지 말고, 이를 악물고 버티라.'라는 조언을 해주고 싶다. 이 세상에 영원한 것은 없다. 코로나 19도 언젠가는 종식될 것이다. 지금은 망하지 않고 살아남는 것이 중요하다. 눈물을 머금고 현실의 어려움을 이겨낸다면 머지않아 좋은 날이 오리라고 확신한다. 전국의 자영업 사장님들에게 힘찬 응원의 박수를 보낸다.